逃がし屋小鈴

女だてら　麻布わけあり酒場6

風野真知雄

幻冬舎時代小説文庫

逃がし屋小鈴

女だてら　麻布わけあり酒場6

目次

女だてら　麻布わけあり酒場

主な登場人物

小鈴《こすず》　麻布一本松坂にある居酒屋〈小鈴〉の新米女将《おかみ》。前の女将おこうの娘。十三歳で父、十四歳で母と生き別れた。

星川勢七郎《ほしかわせいしちろう》　隠居した元同心。源蔵・日之助とともにおこうの死後、店を再建する。

源蔵《げんぞう》　〈月照堂《げっしょうどう》〉として瓦版《かわらばん》を出していたが、命を狙われ休業中。星川の口利きで岡っ引きとなった。

日之助《ひのすけ》　蔵前の札差《ふださし》〈若松屋《わかまつや》〉を勘当された元若旦那。「紅蜘蛛《べにくも》小僧」と呼ばれる盗人《ぬすっと》の顔を隠し持つ。

大塩平八郎《おおしおへいはちろう》　幕府転覆を目指す集団の頭《かしら》。大坂で乱を起こしたが失敗した。

鳥居《とりい》耀蔵《ようぞう》　本丸付きの目付《めつけ》。幕府に逆らう思想を憎んでいる。林洋三郎《はやしようさぶろう》として〈小鈴〉に通う。

戸田《とだ》吟斎《ぎんさい》　小鈴の父。幕府批判の『巴里《パリ》物語』を著した人物だが、鳥居に論破され信念を翻した。

おこう　小鈴の母。お上《かみ》に睨《にら》まれた人が逃げられるよう手助けしていた。多くの人に慕われていたが付け火で落命。

第一章　そっぽを向いた墓

一

その客はいきなり飛び込んできた。

ただ、大きな音を立てたりはせず、風のようにさあっと入って来てくれたのはありがたかった。

店で騒がれるのは大嫌いである。

のんびり酒を飲もうという客でないのは一目でわかった。

息は荒く、血相が変わっている。その息を整えるようにして、

「おこうさんの娘の小鈴《こすず》さんだね」

と、早口で訊《き》いた。

「はい」

ちょうど入口近くにいた小鈴は、客の顔を見てうなずいた。

麻布一本松坂の小さな飲み屋である。小鈴は亡くなった母のあとを継いで、この店の二代目女将《おかみ》になっている。

「助けてもらえぬか？」

男は小声で叫ぶように言った。

「どなたさまでしょう？」

「小林周蔵《こばやししゅうぞう》と申す者。高野長英《たかのちょうえい》先生の弟子です」

歳《とし》は三十をすこし過ぎたくらい。生真面目《きまじめ》な、田舎から出てきた秀才という匂いがする。

「待って」

小鈴は外に出て、さりげなく坂道の上と下を見た。道端の木々が若葉をつけ、爽やかな風が渡る夕暮れの坂。追って来る者などいない。湯に行く途中のどこぞのおかみさんが一人、ゆっくり下っていくだけである。

小鈴は中にもどった。

店はまだ開けたばかりである。

いちばん奥で、常連のお九と玄台寺《げんだいじ》の瑞川和尚《ずいせんおしよう》が、星川勢七郎《ほしかわせいしちろう》と世間話に興じている。星川はこっちのようすに気づいたはずだが、なにげない調子で二人の相手をしてくれているのだ。現に、お九も和尚もこっちはまるで気にしていない。

すっかり料理人の仕事が板についてきた日之助《ひのすけ》は、さりげなく、しかし心配そうに小鈴のほうを見ていた。

「落ち着いて。なにげない顔で」

小鈴は小林と名乗った男に言った。

「わかった」

「追われているのですか？」

「そうだ」

「追われているわけは？」

「無人島への渡航計画がばれたらしい」

いま、開明的な考えを持つ若い人たちは、無人島に憧《あこが》れる。小笠原諸島あたりには異国の船が出没しているため、そこで異国への渡航や交易ができないかと思っているのだ。流行《はや》り病のようなものかもしれないが、小鈴はその気持ちがよくわかる気がする。この先の人生が、遠くまで広がっていくような爽快感を覚えてしまう。

「ここのことは？」

「長英先生から聞いていた。おこうさんとは一度、会ったことがある」

「あたしと似てますか？」

小鈴は微笑《ほほえ》みながら訊いたが、嘘《うそ》かどうかの大事な確認である。

この方法は星川から教えられてあった。ここが疑われだしたら、かならず囮《おとり》の贋《にせ》者《もの》がやって来る。咄嗟《とっさ》に、嘘かどうか見破らなければならない。

小林周蔵は小鈴を正面から見て、すぐに言った。

「よく似ている。色の白いところと、口の感じ。だが、おこうさんのほうがすこし背は高かったのでは？」

嘘ではない。娘のほうが母より一寸五分（およそ五センチメートル）ほど小さい。

「どこから逃げて来られたのですか？」

「築地にある学友の家に立ち寄ったら、すでに見張られていたらしい。そこから追われてきた。いま、わたしが潜んでいる家は芝にあるが、そっちに駆け込むことはできず、途中、この店のことを思い出した。すまない」

と、頭を下げた。

謝ったり、慰めたりと、そんなことをしている場合ではない。

小鈴は早口で訊いた。

「ここに入ったのは見られましたか？」

「いや。坂の手前から走り出し、全力で坂を駆け上がって来た。岡っ引きともう一人、小者《こもの》がいたが、どっちも白髪の中年男で、わたしより早く走れないはずだ」

小鈴はさりげなく店の中を見て、すこし考えた。

この一本松坂で、逃げている者が飛び込めるような店は、ここと、もうすこし下にあるそば屋くらいのものである。この店は、かならずのぞかれるだろう。やはり、いったん、ここから逃がしたほうがいい。

お九と瑞川は、話に夢中でこっちを気にしていない。

「では、店の裏から逃げ道を案内します。こちらに」

と、小鈴が先に行って、奥の戸から厠《かわや》のほうに出した。

厠のわきに手水鉢《ちょうずばち》が置かれ、植え込みもあって、裏庭ふうの場所になっている。

その植え込みをまたぐと、上りになっている細い崖道がある。

小鈴はその道を指差して言った。

「この道を上りきったら、左、左、右と進んで行ってください」

「左、左、右」

「境内に大きなイチョウの木がある善福寺という寺のわきに出ます。そこは仙台坂を下ってきたあたりです。新堀川のほうに出て、さらに東海道のほうへ抜けて行くのが、いちばんいい逃げ道になります」

「わかった」

小林周蔵は植え込みを大きくまたぎ、歩き出そうとした。

「ただ、これは一時しのぎだと思いますよ」

と、小鈴は声をかけた。

「そうだな」

心細げな表情を見せた。

「ほんとに逃げ切りたいなら、また、いらっしゃってください」

「そのようなことができるのだろうか？」

つぶやくように言った。信じられないのだ。幕府の追及が執拗《しつよう》であると、ことに蘭学者《らんがくしゃ》たちは思い込んでいる。

そうかもしれない。だが、母のおこうは三人ほど、追っ手を煙《けむ》に巻き、市井《しせい》にまぎれ込ませるのに成功したらしい。

「そのための手立てはいろいろと考えてあります。でも、肝心なのは当人の決意です。あたしたちはそのお手伝いをするしかできません」

「わかった。ここを訪ねて来ればよいのか？」

「その前に、いったんこの坂道の下、麻布坂下町の番屋に岡っ引きの源蔵《げんぞう》という者を訪ねてください。その者が手引きいたします」

「え、岡っ引き？」

小林周蔵は不安げな顔をした。

「心配ありません。あたしたちの味方です」

「わかりました。かたじけない」

小林周蔵は小鈴に頭を下げ、細い脇道を足早に去って行く。その後ろ姿に、小鈴は追われる者のせつなさを感じた。

誰も傷つけていない。悪事をしでかしたわけでもない。

違う明日を夢見ることを、いまの世の中は許さない。

二

――母さんの遺志を継ごう。

異国の事情を学んだ若い人たちが抱《いだ》いた熱い思い。いまよりもっと自由で平等な世の中を築きたい……と。しかし、そんな思いは不穏なものと見做《みな》され、厳しい弾圧にさらされてしまう。

追い詰められ、逃げ場を失《な》くし、転がり込んで来た人たち。母のおこうは彼らを励まし、捲土重来《けんどじゅうらい》を訴えた。諦《あきら》めては駄目、いまは逃げなさい、そして、力をつけ、また帰っておいでなさいと。

この小さな飲み屋はそんな秘密を持っていた。

――母さんが亡くなったいま、次はあたしの番……。

そう決意してから一年が経《た》っている――。

一年のうちに、開明派の蘭学の徒を取り巻く状況はさらに過酷になっていた。

のちに〈蛮社《ばんしゃ》の獄《ごく》〉と呼ばれる弾圧が始まったのである。

この獄の首謀者と言われているのが、本丸目付《めつけ》の鳥居《とりい》耀蔵《ようぞう》だった。

鳥居は以前から目をつけていた連中を陥れるべく、幕政批判や海外渡航計画を柱に、ほぼでっち上げのかたちで開明派の学者などを次々に捕縛していった。

三河田原藩士で儒学者の渡辺崋山《わたなべかざん》。

シーボルト塾で学んだ蘭学者、高野長英。

無量寿寺《むりょうじゅじ》の住職、順宣《じゅんせん》。

町の発明家、本岐道平《もときみちへい》など。

また、幕府天文方御用を務めつつ、キリストの伝記を執筆中だった小関三英《こせきさんえい》は、逮捕は間違いないと踏み、自害してしまった。

鳥居はむろん、これだけで満足などしていないらしい。世の開明派の人たちを、できれば全員、牢《ろう》にぶちこみたいと思っているという噂《うわさ》だった。

「お九さん。面白そうにしてるけど、なんかあった?」

　小鈴は店の中にもどって、なにげなさそうに話に加わった。

　星川が心配そうに小鈴を見たので、大丈夫というように、小さくうなずいた。秘密の話である。客の相手の隙を見て、星川たちに報告することになるだろう。

「そう。和尚さん家《ち》のお墓で面白いことがね」

　と、お九は瑞川和尚を指差した。

　和尚は一昨年《おととし》の除夜の鐘のときの騒ぎ以来、すっかり常連になって、近ごろは軽く頭巾《ずきん》はかぶってくるが、変装もしていない。

「わしん家のお墓って言うか？　わしの寺のお墓って言え。うん。そこで、ちっと変なことがあってな」

「変なこと？　お花見？」

　小鈴が訊いた。盛りは過ぎたが、まだ遅い花は残っている。

「墓場で花見などするか」

「するから変なのでしょ？」

「そりゃそうだ。だが、花見じゃない」

「じゃ、幽霊？」

小鈴がそう訊くと、

「だよね。あたしもそう思って訊いたの。玄台寺って出そうだもんね」

と、お九が言った。

これはかなり遠慮のない言葉である。真新しく立派な寺が多い麻布の中でも、玄台寺の本堂はかなり古めかしいことで目立っている。古刹《こさつ》めいていると言えなくもないが、もうすこし古くなると、荒れた感じに見られてしまうかもしれない。

もっとも和尚のほうも承知していて、「うちのボロ寺」などと平気で言ったりする。

「いや、あれは幽霊なんかじゃない」

「いったい、なにがあったんですか？」

小鈴はじれったくなってきた。

「墓石が横向きになっていた。それを朝方に小坊主が見つけて騒ぎになったのさ」

「横向き？」

「ほら、表はなんとか家の墓とか書いてあるだろ。それがふんとそっぽを向いたみたいになっていたのさ」

「へえ、面白いですね」

小鈴は興味がわいた。月に二度、三度と見られるようになったら、麻布七不思議に加えたい。玄台寺のふてくされ墓。

「面白いか？」

「うん。悪戯《いたずら》ですかね？」

「なんのために、そんな悪戯をするんだ？」

「そりゃあ、驚かせるためでしょ」

「まあ、たしかに世の中には人を驚かせて喜ぶ連中はいるわな」

「いますよね」

「まことしやかに怪談話などする連中も、その類《たぐ》いだわな」

和尚だってよくそんな話をするくせに、他人《ひと》ごとのように言った。

「ほかにもそういうお墓はありませんでした？」

「いや、そこだけだよ」

「じゃあ、そのお墓の家の人を驚かすため。先祖は怒っているぞって」

「ところが、そこの家というのは、先代で落ちぶれてしまってな。いまの代の伜《せがれ》は深川にいるんだが、おやじのことを怒っていて、ほとんど墓参りにも来ないのだ」

「怒ってるのはこっちのほうだってわけね」

たしかにそんなこともあるだろう。ありがたいご先祖さまばかりとは限らない。なかにはろくでもないことばかりしでかした先祖もいて、うっかり拝もうものなら悪人礼賛になってしまったりする。

「羽振りのいいころに建てた墓だから、かなり立派なものだ。一人じゃぜったいに持ち上げられない。何人かでやったはずなんだ。わざわざ、そんなことをだぞ」

「それも、夜中にでしょ」

たしかに悪戯の域を超えている。

「ねえ、小鈴ちゃん。見てみたいよね」

と、お九が言った。

「まだ、そのままなんですか、和尚さん？」

小鈴も好奇心をくすぐられている。

「ああ。なにか目的があってしたことなら、しばらくそうしておいたほうがいいかなと思ってな」

「見てみたい。見ないとわからないよね」

小鈴とお九はうなずきあった。

まだ暮れ六つ（午後六時ごろ）にはすこし間があり、光も残っている。

「じゃあ、ちょっと行くか」

和尚も腰を上げた。

玄台寺はすぐそばである。

「裏から行くか」

裏口のほうへ出た。

星川と日之助に、すぐにもどると声をかけて、小鈴はお九といっしょに和尚のあとをついていく。

坂を上る。さっき、小林周蔵と名乗った男を逃がした道である。

無事に逃げてくれただろうか。

上がりきったところはもう玄台寺のお墓の裏だった。

裏口はいちおう門戸になっているが、戸締りなどはしておらず、すぐに開いた。

墓がずらりと並んでいる。にぎやかそうだが、でも、やはり寂しげである。線香の匂いがかすかにするが、たなびく煙は見えていない。

すこし中ほどへ歩いてから、

「そこんとこだ」

と、和尚が指差した。

なるほど、なかなか立派なお墓である。

「ほら、横向きだろ？」

「ほんとだ」

じっさい見ると、想像したよりかなり変である。のっぺらぼうのお化けみたいなのだ。これは小坊主が見つけたら、騒ぎにもなるだろう。

石の横を見ると、〈渡辺《わたなべ》家の墓〉と書いてある。その真裏に名前や享年が刻まれている。

「苗字《みょうじ》もあるんだね」

「落ちぶれる前はたいそうな大店《おおだな》だったからな」

「あれ？　花は新しいですよ？」

と、小鈴は台座を指差した。竹筒に黄色い山吹の花が活《い》けてある。

「誰かがついでにあげたんだろうな」

「ついでねえ」

なにか気になる。

石を置くあたりにこすれたような痕《あと》もある。持ち上げて、また置いたのだ。

「中のものは？」

と、小鈴が訊いた。

「骨だけだよ」

「確かめたんですか、和尚さん？」

「開けなくてもわかり切ってるさ」

「骨、盗まれたんだよ」

と、お九が言った。

「骨を？」

「あたし、聞いたことあるよ。歌舞伎役者が死んで、大好きだった人がそれを盗もうとしたって。それなんじゃないの？」

「中に入っているのでいちばん新しいのは、身代《しんだい》を傾けた先代で、二十年ほど前のものだぞ。そんなもの、誰が欲しがる？」

欲しかったら、いくらでもくれてやると言わんばかりの口調である。

「じゃあ、違うか」

お九はかんたんに自説を取り下げた。

「それでも、変よね」

小鈴はそう言って、周囲を眺めた。

墓石のでこぼこが影を刻み、憂鬱《ゆううつ》な日々の記録のように重苦しい。

夕暮れの墓場は、やっぱり少し怖い。

三

引き返そうとしたとき、小鈴の足が止まった。

「あれ？」

「どうしたの、小鈴ちゃん」

「このお墓も渡辺家」

と、隣の墓を指差した。

こちらは、隣の家よりもだいぶ小ぶりである。丈は半分ほどで、石も荒削りなものだ。

新しい花が活けてある。

「そうじゃ。遠い親戚同士らしいな。こっちは、三日ほど前に葬式をして、一昨日《おととい》、納骨をしたばかりだ。ここの参列者が、隣に花を手向《たむ》けてあげたのだろうな」

「一昨日?」

納骨が早い気がするが、忙しい店のご隠居が亡くなったりすると、そんなことになったりする。

「そう」

「石が動いたのは?」

「たぶん、その晩じゃな」

なんか引っかかる。

「あ」

小鈴は思いついた。

「なんじゃ?」

「もしかして、間違えたんじゃないですか?　名前が同じで、墓が立派だから」

「間違えた?　間違えて墓をあばこうとしたのか?」

「そう。それであばいてみたら違うとわかったので、あわててもどしたから、横向きになってしまったの」

「なるほどな」

「こっちはどこの家です?」

と、小鈴は訊いた。

「こっちは墓こそ小さいが、たいそうな大店になっているぞ。一ノ橋近くに松坂屋《まつざかや》という大きな小間物屋があるだろう?」

「え、あそこのお墓なの!　ここらじゃいちばんの大店じゃないですか。そこの誰が亡くなったんですか?」

と、お九が言った。湯屋の娘は町内のことに詳しい。

「七十過ぎの婆《ばあ》さんだ」

「じゃ、骨泥棒はないか」

お九は笑った。

「それはわからないよ。お婆さん、どんな人だったんだろう」

小鈴はそう言って、墓を見つめた。

どうして石の表面に、亡くなった人はこんな人だったとか刻んだりしないのだろう。戸田《とだ》こう。小さな飲み屋の女将。やさしく話相手になって、大勢の客から慕われた。その陰で逃がし屋をしていて、若い蘭学者たちを追っ手から救ってあげた……とかなんとか。墓がそんなふうだったら、墓場の散策もすごく楽しくなったりするのではないか。生きている人も、墓石にこんなふうに刻まれたいとか思ったりすれば、生きがいの一つになったりするのではないか。

ぼんやりそんなことを思ってしまった。

「さあ、まだ酒の途中だぞ」

和尚がもどりかけた。

「じゃ、和尚さんとお九さんは先に行ってて。あたし、ちょっとだけ、下の松坂屋を見てから行く」

小鈴の物見高い気持ちに火が点《つ》いてしまった。

松坂屋は、ほんとうに大きな店である。間口も十二、三間（およそ二十二～二十四メートル）はあるだろう。小鈴も何度かのぞいたことがある。品揃《しなぞろ》えが豊富で、流行の品もいちはやく並べられる。去年の夏、きれいな二色の下駄の鼻緒が流行ったことがあるが、あれはこの店から始まった流行だったらしい。この前、落として欠けてしまったビードロのかんざしは、ここで買ったものだった。

三日前に葬儀を出したばかりだが、店の表にそんなようすはまったく窺《うかが》えない。商売に関係のないご隠居さまの死はそんなものなのだろう。ご隠居さまの霊にしたって、「いいから、商売に励みな」という気持ちかもしれない。

あいかわらず客の入りも多い。

小間物屋というと、日本橋や両国といった人が大勢集まる場所で繁盛しそうに思える。それが、こんな麻布あたりでここまでの店にしたのは、よほどやり手なのだろう。

あのお墓と比べると、不思議な気がする。

帳場のわきにどっかり座っているのがあるじだろう。

にこにこ愛想笑いを浮かべているが、それほどやり手には見えない。

店の両側はそれぞれ隣の店にくっついていて、通り抜けはできそうにない。迂回《うかい》して、裏手のほうに回ってみた。

裏は板塀で囲まれている。

上のほうから木の枝がはみ出している。桜の木もあるがすでに葉桜である。松の木もある。向こう側は中庭になっているのだろう。

塀から離れて中を見ると、二階のこちら向きの部屋が見えていた。

窓が開いていて、中で若い男が部屋の中を見回しているところが見えた。

——ん？

なにをしているのか。

頬かむりでもしていれば、泥棒が貴重品でも物色しているふうに思えるが、堂々と顔をさらしている。そのわりには、なんとなくこそこそしている。

下から呼び声がすると、慌てたようにいなくなった。

〈小鈴〉にもどると、もうほかの客が二組入っていて、十人以上になっている。ちょっと道草を食ってしまった。

星川が酒のお燗《かん》を手伝ってくれていた。

「星川さん、申し訳ありません」

「なあに、かまわねえよ」

武士がどうこうなんてことを星川は言ったためしがない。

「なんだよ、小鈴ちゃん。今日はいないのかと思ったぜ」

「顔見せてないと帰っちゃうぜ」

お客から声がかかった。

「うん。ごめん、ごめん」

急いで日之助のそばに寄り、まだできていない肴《さかな》を訊いた。

「湯豆腐が二つと天ぷらをなんでもいいから揚げて欲しいってさ」

「わかりました」

小鈴は仕事が早い。

油を少なめにして、ソラマメとニンジンとイカをすばやく揚げた。

湯豆腐は七輪といっしょに持っていく。

一息ついたところに日之助がさりげなく寄ってきて、

「小鈴ちゃん。追っ手が顔を見せたぜ」

と、小声で言った。

「どうだった？」

「間抜けなやつらで、一通り、店を見回していなくなったけどな」

「とくに疑ったふうはなかったのね」

「ああ」

とりあえずは安心である。

これからもこんなことが増えるなら、あまり目をつけられたくない。

だが、おそらく、母さんのときから、目をつけられていたのだ。だから、あんなひどいことになったに違いない。

「どういう人だったんだい？」

と、日之助が訊いた。

「高野長英さんのお弟子だって。無人島渡航のことで追われているみたい」

「そうか」

「たぶん、また、来ると思う」

「ああ。いよいよ、逃がし屋のほうも開店かな」

日之助は嬉《うれ》しそうに、にやりとした。

この一年、その準備も重ねてきた。

危険な仕事である。こっちもお咎《とが》めを受けかねない。小鈴は星川、源蔵、日之助の三人に、遠慮なく身を引いてくれと頼んだのだ。

「小鈴ちゃん。おいらたちは、おこうさんの志《こころざし》を貫きたかったから、この店を継いだんだぜ。逃がし屋だって、おこうさんがやっていたことじゃねえか。そこまでやらなきゃ、継いだことにはならねえよ」

星川がそう言うと、源蔵も日之助も、当たり前だというようにうなずいた。

——この人たちは、なんて粋な男なんだろう。

小鈴は胸を熱くしたものだった。

四

翌日——。

　店を開けてすこしすると、玄台寺の和尚が待っていたとばかりにやって来た。若い男を伴なっている。

「小鈴ちゃんに言われたので気になってな。もう一度、墓の中を調べてみたよ。両方の渡辺家の墓をな」

　昨夜はあのあと、ほかの話題が盛り上がり、お墓の話はせずじまいになっていた。

「どうでした？」

「なくなっていたものはなかったな。入れたばかりの松坂屋の婆さんの骨壺《こつつぼ》もちゃんとあったよ」

「じゃあ、悪戯ってことになりますよね」

「だが、そんな悪戯するかね」

「うん。しないと思います」

小鈴はきっぱりと言った。

そんな悪戯はない。なにかしら目的があったのだ。

では、やっぱり墓石を横向きにしたのは、慌てたためにしくじったのではなく、そうしたかったのか。

亡くなった人が、左側の景色が好きだった？

左側だって、ずらっと墓石が並んでいるだけだった。

そっちの方角に家があったりする？

左側の方角にあるのは大名屋敷で、町人地は山の陰のずっと先になる。わざわざそっちを向かせるほどのことはないだろう。

逆に、こっちを向いていて欲しくなかった？

いまさらそこまではしないだろう。

やっぱり、墓を横向きにさせる意味はないような気がする。

「それでな……」

と、和尚は隣に腰かけている若い男を見た。

「気になってね。その亡くなった婆さんの孫を連れてきたんだ。こいつだ。亀太郎《かめたろう》といってな、わしは子どものときから説教をしてきたのだ。な？」

と、和尚は亀太郎を紹介した。

「どうも」

頭を下げた。髷《まげ》のかたちがちょっと変である。先がぱちぱちとはじけたみたいになっている。

「なんだ、その髷は？」

と、いまになって気づいたらしく和尚が言った。

「両国あたりじゃ流行りはじめてるんですよ」

「それがか。流行ればなんでもいいと……」

説教になりそうなので、

「和尚さん。説教はあと」

小鈴は慌てて止めた。

「それよりお婆さんの話」

「そうだ。話をさせて、小鈴ちゃんに謎解きしてもらおうと思って」

と、和尚は言った。

「謎解きは源蔵さんに頼んでくださいよ」

「あの人は岡っ引きだもの。こんなくだらないことは頼めないよ。しかも、町方だし。うちは寺社方の支配下にあるんだからね」

そうは言ってもじっさいには、寺の中で起きた問題ごとを、岡っ引きに頼んで解決してもらったりもする。現に、源蔵からそんな話を聞いたりもした。

だが、いまはそんなことを言っても仕方がないので、

「じゃあ、まあ、聞くだけ聞いて」

と、小鈴は亀太郎に顔を向けた。

「お婆さん、名前はなんていったの？」

「おつただよ」

「おつたさんはどんな人だった？」

「皆は、意地悪で嫌な婆さんだって言ってたけど、おいらは好きだったよ。意地悪っていうか、人をからかって面白がるところはあった。そのあと、けらけらけらって、なんとも愉快そうに笑うんだよ。人の特徴を見抜くのも上手だったしね。それに腹を立てたやつは、意地悪だったたって思うんだろうな」

「ふうん」

なかなか面白そうなお婆さんではないか。生きているうちに会ってみたかった。

「おいらが見たところでは、婆ちゃんはほんとに嫌いな相手にはからかいもしなかった。相手にしなかった。そういうところも意地悪にとられたかね」

「そうかもしれないね」

小鈴はうなずいた。好きだから、からかうのだ。素直ではないかもしれない。たぶん、恥ずかしがり屋でもあったのだろう。

「でも、うちの店を大きくしたのは、じつはあの婆ちゃんだったって、白水堂《はくすいどう》のご隠居さんは言ってたぜ」

「白水堂のご隠居さん？」

「ああ、二ノ橋の近くで本屋をしていた人だよ。いまは隠居して、倅が別の商売をしているんだ。婆ちゃんとは発句《ほっく》の友だちだったみたいだ。うちの爺《じい》ちゃんもおやじも、それを言われると機嫌が悪くなったから誰も言わなくなったけど、ほんとはそうなんだって」

「やり手だったんだね」

あの立派な店構えも本当はおったさんのおかげだったのだ。

「婆ちゃんはよく街道筋に出て、上方《かみがた》から来る人たちに話しかけては、京大坂のようすを聞いていたらしいよ。天気のこととか、向こうで人気のある芝居とか流行ってるもののこととか。そういう話から、次は江戸でどんなのが流行るかを当てていたらしいよ」

「凄《すご》いねえ」

「でも、もう六十を過ぎたころには商いのほうは無理やり取り上げられちまったんだ」

「どうしてさ？」

小鈴は憤ったように訊いた。

「どんぶり勘定のところはあったからね。これからの時代は婆ちゃんのやり方じゃ大損をこくんだって。まだ爺ちゃんも生きていて、おやじと組んで、婆ちゃんが手を出せないようにしちまったのさ」

「かわいそう」

こういう話を聞くたび、女は損だなと小鈴は思う。せっかく能力を持って生まれてきても、女だったらそれを活かしきれない。周囲が、いや、ときには自分自身が、その能力を封じ込めてしまう。

「ああ。そのときはずいぶん元気を失くしたらしいね」

「でも、そんなやり手のお婆ちゃんだったら、財産みたいなものは持っていたんじゃないの？」

「持っていたと思う」

「見たの？」

「見ちゃいないけど、婆ちゃん言ったことがあった。婆ちゃんが死んだあと、こづかいに不自由することがあったら、婆ちゃんの離れを探してみなって」

「あら、そう。それで、昨日、探したんだ？」

「え？」

　亀太郎はぎょっとした顔で小鈴を見た。

「おつたさんの離れって二階建てでしょ？」

「そうだよ。婆ちゃんはおしゃれで物持ちだったから、いろんなものを置いてたよ」

「昨日、二階にいたのを通りから見かけたんだよ」

小鈴は正直に言った。思わせぶりに神通力など匂わせるつもりはない。

「あ、そうか。でも、婆ちゃんが探してもいいって言ったんだからな」

亀太郎は弁解するように言った。

「うん。いいんじゃないの。もしかして、葬儀もその離れで？」

「ああ、そうだよ」

「じゃあ、やっぱりそこに宝物みたいなものがあったんだよ」

「あったかもな」

「いっしょに早桶《はやおけ》には入れてあげたりしなかったの？」

宝物がお骨と混ざり合い、それを狙って墓があばかれたのではないか。

「いくつか身の回りにあったものはいっしょに入れたけど、でも、ぜんぶ焼けちまったはずだよ」

「そうか。焼いたあとは、そのままお墓に？」

と、小鈴は訊いた。

「いや、骨壺におさめ、一度、離れに帰っていたんだ。まだ、別れを告げてない人とかいたのでね。それで、一晩経ってからお墓に入れたってわけ」

「そうなんだ」

「だから、お骨のほかには墓にはなにも入れてないよ」

「そうだな。墓なんかあばいても取るものはない」

と、和尚も言った。

「でも、お骨をおさめてすぐのことでしょ？　葬儀のときとかは、なにか変なことはあったんですか？」

「いや、なかったな。ねえ、和尚さん？」

「うむ。わしも聞いてないな」

と、和尚もうなずいた。

「だったら、やっぱりなにかしたんだよ」

「なにかって？」

「たぶん、なにか盗まれてるんだ。それをお骨の中に隠して、夜中に来て、盗んで行ったんだと思う」

「お骨の中？　では、小さいものですよね。そんな小さくて値の張るものなんか持ってたかなあ?」

「あるいは……あ」

「どうしたんです?」

「骨壺そのものかも」

「骨壺?」

「お婆さんの大事なものの中に、壺はなかった?」

小鈴が訊くと、

「どうだったかなあ」

亀太郎は首をかしげた。

「李朝《りちょう》とか、柿右衛門《かきえもん》とか」

と、和尚がわきから言った。

「え、柿右衛門て壺の名前なんですか?」

亀太郎は目を瞠《みは》った。

「壺には限らないけど、焼き物の名前だ。あれはいい。わしも、あんなものを寺の玄関あたりに飾りたいものだ」

と、和尚はうっとりした顔で言った。

「あ、それはあった。聞いたことがあります。柿右衛門がいちばん好きだとか。おいらはてっきり役者の名前かと思ってました」

「それが骨壺がわりに持ち出されたのよ。葬式に来た人が、おつたさんの離れで柿右衛門の壺がなにげなく飾ってあるのを見たの。でも、それを持ち出すのは難しい。骨壺を見たら、ちょうど大きさが同じくらい。しかも、骨壺は袋におさまっているから、外見にはわからない。人けのないときを窺い、急いで骨を柿右衛門の壺に移した。これがお墓におさめられたあと、取り出して別の骨壺とすり替えるつもりでね」

と、小鈴は和尚の前にあったとっくりの中の酒を、空いたほうのとっくりに移したりしながら、ゆっくり説明した。

「元の骨壺は？」

亀太郎が訊いた。

「それは、まだ、おつたさんの離れにあるはずよ。白い素焼きの壺なんか、そこらに置いてあってもなにも目立たないもの」

「なるほどな」

和尚は納得した。

「おいら、見てきます」

亀太郎はそう言って、店を出て行った。

入れ替わるように六人連れの客が入り、小鈴はすこしのあいだ、その応対に追われたが、一段落つくと、

「和尚さん、柿右衛門の壺って高いんですか？」

と、和尚に訊いた。

「そりゃあ、高いさ」

「いくらくらい？」

「たしか、何代目の柿右衛門のものかでずいぶん値が違うと聞いたな。もちろん、大きさによっても違う」

「骨壺くらいですよ。そんなに大きくはないでしょう」

「どうだろうな。わしが見たやつは、金杉橋のところの油問屋のご隠居が持っていた皿だったが、この程度の小さめの皿だぞ……」

和尚は自分の顔より二回りくらい小さなかたちを両手でつくり、

「それで五十両だと言っておったな」

「まあ」

小鈴は呆《あき》れた。

そんな皿が五十両なら、壺はもっと高いはずである。

「玄台寺に飾ったら、お釈迦《しやか》さまのかわりに置くようなものですよ」

小鈴がそう言うと、

「ほんとだな」

と、和尚は笑った。

亀太郎がたちまちもどって来た。荒い息を吐いている。

「ほら、これ」

と、白い壺を見せた。

五

「でも、小鈴さん、やっぱりおかしいですよ」

と、白い壺を持ったまま、亀太郎は言った。

「どうして?」

「婆ちゃんは商売からも引退していたし、へそ曲がりだったから、弔問客はあんまりいなかったんです。そうですね、身内以外にはせいぜい三、四人くらいかな」

「じゃあ、身内の誰かがやったんだろう?」

と、和尚が言った。

「ううん、和尚さん、身内だったら、なにもわざわざそんな面倒なことはしないよ。葬式が終わったあとにでも、そっとこの離れから目的のものを持っていけばいいだけでしょ」

小鈴が和尚に言った。

「うん。おいらだって、そんなこと、しようと思えば、いつだってできますよ」

亀太郎も賛成する。

「やっぱり、その、三、四人のなかにいるんだよ」

「そうかなあ。その三、四人はお金にも恵まれてて、葬式泥棒なんかしそうな人は一人もいないと思うなあ」

亀太郎は首をかしげた。

皆、思案が行き詰まって、ぼんやりした顔になっている。

「おいらと似たような男がいるのかもしれねえぜ」

そう言ったのは、星川だった。

つまらなそうに座っていたが、ちゃんと話は聞いていたのだ。

「え、なに、星川さん?」

「これは、源蔵や日之さんには聞かれたくないんだがな」

と、星川は調理場の日之助を見た。六人分の肴の注文が入ったばかりで、そのしたくでこっちの話どころではない。

源蔵はまだ来ていない。

「おこうさんのお骨は、いま、小鈴ちゃんのところにあるだろ?」

「うん」

おこうは実家とも疎遠になっていて、そこに入れるよりはこの近所の寺におさめよう、それは急ぐ必要もないというので、小鈴といっしょに二階にいる。

「その前は、持ち回りで預かろうとか言ってたんだよ」

「そうなんですか」

小鈴は呆れて笑った。お骨の持ち回りというのは聞いたことがない。

「だって、おいらが預かると言ったら、日之さんが文句をつけて、あやうく取っ組み合いの喧嘩《けんか》になるところだったんだぜ」

「そりゃあ、母も呆れちゃいますよ」

星川も苦笑したが、ふと真面目な顔になって、

「でも、おいらはおっ死《ち》んだときには、なんとかおこうさんのお骨といっしょにしてもらえねえかなあと、そんなことをひそかに考えていたのさ」

と、言った。

「星川さん、そこまで母のことが……？」

「ああ。それは、いまでも変わらねえよ」

うつむいて、寂しそうに言った。

「………」

小鈴はなにも言えない。

「それでだぜ、もし、その弔問客のなかにおつたさんと恋仲の人がいたりしたら、おいらと似たようなことを考えたかもしれないぜ」

と、星川は言った。

「それはあるかも」

小鈴はいったんうなずいたが、

「いや、やっぱり、変ですよ。だったら、わざわざ離れから壺を持ち出したりしないで、お墓におさまった骨壺を取り出せばいいだけでしょ。壺が欲しかったんですよ」

と、言った。

「だから、その壺は金の価値じゃないんだよ」

星川は、天井の隅のあたりを見上げて言った。

「え、どういうことです？」

「その壺にいっしょに入ろうと約束していたってのはどうだい？」

「ああ」

小鈴の胸がふいにきゅんとなった。

そっぽを向いたお墓の謎を探るうち、思いもしなかった恋物語が姿を現わした。

「だったら、相手は白水堂のご隠居さんですよ」

と、亀太郎は言った。

「ほう」

「若いとき、ほんとは白水堂のご隠居さんといっしょになりたかったんだと言ったのを聞いたことがあります。でも、二人とも親が決めた相手といっしょになるしかなかったんだって」

「ほらな」

と、星川は嬉しそうな顔をして、

「死んだらその柿右衛門の壺の中でいっしょになろうとか、そういう約束をしてあったのさ。だが、おつたさんはふいに亡くなったんだろ？」

「はい。朝、起きて来ないので、見に行ってみたら階段の下で倒れていました。医者はたぶん心ノ臓の発作だろうって言ってました」

「壺に入るまでの約束はあったが、片方が先に死んだらどうするか。どうやってい っしょにしてもらうか。そういう手立てはまだできていなかったんだろうな。それで、慌てた白水堂は弔問に来たとき人けのないのを見計らい、置いてあった柿右衛門の壺に骨を移し、袋におさめ、あとはお墓に入れられるだけにした。そして、夜、お墓をあばきに行った」

「一人じゃできませんよ」

「そんなものは、そこらで人足をつかまえてくればいいことさ」

「いちおう話の筋は通りますね」

小鈴がそう言うと、和尚と亀太郎も神妙な顔でうなずいた。

「でも、これが正しいかどうかは、確かめることはできねえだろうな。悪事じゃねえから無理に訊き出すわけにもいかねえし、当人が知らないって言えばどうしようもない」

と、星川は笑った。


その翌日である。

「小鈴ちゃん、ちょっと」

と、玄台寺の瑞川が家の窓の下で呼んでいた。

小鈴は昼ごはんをすませ、二階で三毛猫のみかんと遊んでいたときである。

窓から顔を出し、

「和尚さん、どうしたんですか？」

「ちょっとうちの寺に来られないかい？」

嬉しそうな顔をしている。

「大丈夫ですけど」

裏から出て、錠前をかけた。

「なんです？」

「昨日の話だがね、確かめられそうなんだよ」

「へえ」

小鈴も興味津々で玄台寺に向かった。

本堂のわきから入って、廊下をまっすぐ行くと、裏手の部屋に出た。こっちは庭のかわりにお墓が見えている。慣れるとお墓も木立や庭石に見えてきたりするのだろうか。

昨日の亀太郎と、もう一人、若い娘がいた。

「白水堂のご隠居の孫で、千絵《ちえ》ちゃんだよ」

と、亀太郎が紹介した。

「こんにちは」

ぺこりと頭を下げ、嬉しそうに身をよじった。なんだか意味もなく嬉しいのが若いということなのだろう。

「昨日、一ノ橋のところで亀太郎さんと会って、お墓の話を聞いたんです。それで、家にもどったあと、お爺ちゃんに鎌《かま》をかけてみたんです」

「へえ、なんて?」

「お爺ちゃん、もしかして、松坂屋のおつた婆ちゃんと付き合ってなかったよねって」

「あら、そう」

小鈴はうなずいた。それは鎌をかけたというより、直接そのまま訊いたのだろうと思ったが、そういうことは言わない。

「なんでわかったって言うから、お墓が横を向いていたことから、亀太郎さんがいろいろ考えて、そうじゃないかって」

星川が謎解きした話は、亀太郎が推察したことになったらしい。

「すみません。おいらが解いたんじゃないって千絵ちゃんには言ったのですが」

「平気よ。星川さんはそんなことなんとも思わないよ。それより、お爺ちゃんは？」

と、千絵に訊いた。

「よく、わかったなって」

「認めたの？」

これは驚きである。

「はい。ないしょにしてくれって言われて、お骨を入れた壺を見せてもらいました」

「見せてもらったんだ」

もう、間違いない。星川の推察は、すべて的中していたのだ。

「はい。きれいな壺でしたよ。お骨は半分ほど入ってました」

「半分？」

「お爺ちゃんが死んだあと、もう半分は自分のお骨を入れてもらって、すでに準備してあるお墓に入れてくれって」

「そう言ったのか?」

亀太郎は訊いた。

「松坂屋にはないしょだって」

「そりゃあ、うちのおやじたちは怒るだろう」

「頼んでもぜったいに聞いてくれないから、ないしょでやろうって二人で決めてたらしいよ」

「そうだったの」

「あたし、半分だけでいいの? って訊いたんだよ」

「なんて言ってた?」

小鈴は思わず訊いた。たしかに、そこは中途半端な処置の気がする。

「そんなことはいいんだって。これはいまの世の気持ちで、こんなこと、しようがしまいが、次の世ではかならず、いっしょになるからって」

「お爺ちゃんがそう言ったのか?」

と、亀太郎が千絵に訊いた。

「うん」

千絵がうなずくと、しばらく誰も話さなかった。

それぞれ感動を嚙《か》みしめているらしかった。

――なんて素敵な人たちだったんだろう。

と、小鈴は思った。

たしかに男と女が恋い焦がれて、あの世でいっしょになろうと心中してしまうこともある。だが、この人たちは、ちゃんとこの世の生を全うしたうえで、次の世でいっしょになることを誓い合ったのだ。いかにも大人の、だからこそ一時の激情ではない本物の思いという気がする。

それから小鈴は、星川勢七郎が、「いまでも変わらねえよ」と言った言葉も思い出した。胸が詰まるような気持ちだった。

「その二人の孫が、いま、仲良くしてるのか」

瑞川和尚が感慨深げに言った。

「でも、なんか変な感じだ」

と、亀太郎がぽつりと言った。

「変な感じって？」

千絵が訊き返した。

「あんな爺さん婆さんたちが、おいらたちみたいに好きになったり惚《ほ》れたりするのがだよ。歳取ったら、そういうことはしないものだと思わねえか？」

「思わないよ、そんなこと。あたしは歳取っても、誰かを好きでいたいし、誰かに惚れられていたいよ」

千絵がそう言うと、

「なんだよ、誰かかよ」

と、亀太郎が拗《す》ねたような口ぶりで言った。

六

――自分には子どもっぽいところがある……。

四十八になった遠山金四郎《とおやまきんしろう》は、そう自覚している。

丸顔で両目の位置がすこし離れているためか、童顔である。表情も豊かで、妻からも「お前さまは子どもが話しているみたい」などと言われる。じっさい、誰からも十ほど若く見られたりする。

子どもっぽいのは外見だけではない。性格もそうなのである。

すぐに浮き浮きする。調子に乗りやすい。感情の抑えがきかない。発想が現実よりも高いところへ飛躍する。

そういったところは、子どもっぽい性格から来ているのだろう。

遠山は、この一月、北町奉行に任命された。

勘定奉行のときから町奉行の座を狙っていて、もちろんその希望を訴えてきた。だが、北町奉行の大草高好《おおくさたかよし》、南町奉行の筒井《つつい》政憲《まさのり》ともに評判は悪くなく、失脚する期待は少なかった。

それがこの一月に、北町奉行の大草高好が急な病《やまい》で亡くなったのである。

ふいの欠員は、町奉行とともにつねに評定所《ひょうじょうしょ》の会議に出ている勘定奉行に有利である。すぐに自分を売り込むことができる。

遠山は臆面もなく町奉行への意欲を示し、すぐさま任命が決定されたのだった。

これは嬉しかった。他人には悟られないよう気をつけたが、子どものように喜んだ。ひどく浮き浮きして、江戸中を闊歩《かっぽ》したいくらいだった。

その興奮は、三月《みつき》経ったいまもつづいている。

——悪党退治だ……。

じつは、町奉行の仕事はきわめて広範囲にわたる。江戸の町人の行政全般についての目配りをしなければならない。

町人たちは町奉行というと、つねに悪党どもを裁いているように思うらしいが、それは多方面にわたる仕事のほんの一部なのである。

だが、遠山は当然、そこを重視するつもりである。

——でなければ、誰が町奉行などやるものか。

今日は朝から、悪党たちの報告書をめくっている。

捕まえはしたが、調べがつづいていて、罪状が決まらずにいる悪党たち。まだ捕まえていない悪党たち。それはこんなにいるのかと、驚くほどである。

遠山には一口に悪党といっても、好きな悪党と嫌いな悪党がある。あるいは、許してもいい悪党と、絶対に許せない悪党がある。

その基準を言葉で区別するのは難しい。

いわば直感みたいに決まってしまう。おそらく「卑怯《ひきょう》」という言葉が重要な気がする。

「こいつはまあ、いいや」

そう思う悪党もいれば、

「この野郎は許せねえな」

と、怒りがこみ上げる悪党もいる。

前任の大草は、いわゆる蛮社の者たちの調べを残したまま逝った。その報告書がつづいた。

この連中は、遠山にしたら「まあ、いいや」の口である。皆、いさぎよいではないか。

渡辺崋山の抗弁は堂々としているし、高野長英は自首して出た。小関三英に至っては、捕まるだろうと思ったときには自害していた。

それよりは、いったん名前が挙がりながら、罪を逃れた者が何人もいる。

そいつらは許せない。いずれ再吟味してやるつもりである。

次に、まだ、捕まっていない悪党たちの番になった。

大物の名がぞくぞくと挙がっている。七代目市川団十郎《いちかわだんじゅうろう》だと！　葛飾北斎《かつしかほくさい》がなんでまた！　柳亭種彦《りゅうていたねひこ》だって！　こいつは幕臣ではないか。

この連中については、どうも目付筋で動いたが証拠を摑み切れず、町方でも協力することになったらしい。

――ん？

手が止まった。

小林周蔵。蘭学者で医師。師匠は高野長英。仲間とともに海外渡航を企て、いまは一人で逃亡中。

そう書いてある。

――気に入らねえ。

と、遠山金四郎は思った。

師匠の長英はあんなにいさぎよいのに、こいつは師匠や仲間の窮状をよそに、一人、逃亡をつづけている。

報告書を引っ張り出し、わきに置いた。最重要人物として捕まえたい男。

さらに報告書をめくっていく。

「極秘」の印が押された書類が出た。

——こいつだ。

遠山は指をぽきぽきと鳴らした。

大塩平八郎《おおしおへいはちろう》。陽明学者。大坂にて反乱を企て、市中にて大砲を打ち放し、天満一帯を火の海にした。だが、まもなく制圧されて逃亡、のちに爆死したと伝えられる。しかし、それは偽装で、当人は生きているとの噂もすぐに流れる。いまも調査を続行中だが、江戸に潜入した疑いは濃厚。ひそかに再反乱を企図中かと……。

ざっとそのようなことが書いてあった。

大塩のことは評定所の会議でもしばしば取り上げられていた。

遠山は、思想信条のことで大塩を責める気はなかった。むしろもっともだと思っていたほどだった。

ところがただ一人、おめおめと生き残って、しかもこの江戸でふたたび反乱を企てているらしい。

——こいつは許せねえな。

この報告書もわきに除《の》けた。最重要人物。

遠山は立ち上がった。忙しい合い間を縫って、自ら市中におもむき、自分の手でこの二人の悪党にお縄をかけてやりたかった。


「遠山金四郎が北町奉行に……」

三月前にその一報を聞いたとき、鳥居耀蔵は愕然《がくぜん》とした。

「なぜ、わたしではないのか？」

身体の震えが止まらなかった。それは怒りというより、強い嫉妬がもたらした悶《もだ》えのような感情の爆発だった。

前の北町奉行、大草高好の調べは生ぬるかった。

なんとしても自分をと、露骨には言えないが、ずいぶん運動はした。そうした運動を白い目で見る者もいたが、それでも町奉行の座に就きたい。

なぜ、それほどまで町奉行になりたいのか。

大物を獄にぶちこむには、金がいる。だが、すでに自分の金はたっぷり持ち出していて、つねに金が足りないありさまである。

町奉行になれば加増分がある。三千石が入る。

それでどれだけの密偵を使えることか。

喉《のど》から手が出るくらいの禄である。

しかも、あまたいる与力《よりき》、同心から、その下にいる岡っ引きたちまで動員できるのである。

——わたしは地位が欲しいのではない。

この国の大事なものを、夷狄《いてき》から守らなければならない。愛と自由と平等などという、民をたぶらかすものをもたらす邪悪な夷狄から。

そのためにも、自分が町奉行の座にいなければならないのだ。

「遠山金四郎が憎いのう」

と、鳥居は言った。

「まことに」

隣にいた戸田吟斎《ぎんさい》がうなずいて言った。

「なんとか遠山の足を引っ張ってやりたいが、したたかでな」

「お話を聞くと、まことにそのようですな。ですが、これからいろいろ裁きが始まったりすれば、かならず尻尾《しっぽ》を出しますよ」

「そうかな」

鳥居はホッとしたように言った。

「わたしは筒井政憲のほうだって追い落とせると思います」

「ほう」

「あるいは、いったん勘定奉行になっておくというのも手でしょうな」

「勘定奉行か」

それは考えていなかった。だが、勘定奉行はまつりごとの中枢にある評定所の会議に出席することができる。本丸目付あたりとでは、発言力が違うのである。

しかも、遠山もそうだったように、勘定奉行から町奉行へ横すべりすることも少なくない。

「あとは矢部《やべ》定謙《さだのり》あたりも落としておくとよろしいかと」

吟斎はさらに言った。

「そうだよな」

「なにせわたしの愚作である『巴里《パリ》物語』を読み、胸を躍らせた口ですからな」

「あ、それもあるか」

「まずは大坂で、矢部と大塩平八郎が意気投合した件の証言を集めておきましょう」

「うむ。わかった」

「八幡《やはた》さんを動かしますか？」

戸田吟斎は、鳥居の甥《おい》っ子の名前を出した。

「そうしてくれ。まったく、そなたという男が手伝ってくれるようになって、わたしのすることに洩《も》れがなくなってきている。蛮社の連中を捕縛できたのも、そなたのおかげだと言ってもよい。水野《みずの》さまにわたしがついているように、わたしにはそなたがついていてくれる」

鳥居耀蔵は本気の面持《おもも》ちでそう言った。

「恐れ入ります」

「近ごろ、目は痛まぬか？」

「痛みはもうありませぬ」

「それはよかった」

「ありがとうございます」

と、戸田吟斎は礼を述べた。

両目に眼帯をしている。視力はまったくなくなっている。

巴里物語を読んだ人たちの名を挙げた日の翌日、吟斎は箸で両目を突いた。

「愛と自由と平等などというくだらぬものを見てしまったこの目は、もはや永遠に閉ざしてしまうしかない」

と言って……。

第二章　母から娘に

一

「この前はありがとうございました」

裏口のほうに立った小林周蔵が、小鈴に頭を下げた。

「いいえ。さ、どうぞ」

店の中へ招き入れた。

小林がまもなくここに来るということは、さっき源蔵が告げていった。

坂下町の番屋で源蔵と会う。源蔵は道を教えるふりをし、裏道づたいに小鈴の店の裏に回るよう指示する。戸口のわきに盛り塩があれば入っていい。ないときはしばらく待っていてくれとも伝える。

源蔵はそのとき小林に尾行がないことを確かめ、先に店にやって来て、いまから小林が店に来ることを伝える。差し障りがなければ、裏の戸の外に盛り塩を置く。

こういう段取りになっていた。

さらに源蔵は日之助にも声をかけていて、その日之助もまもなく来ると小鈴に告げて、番屋にもどって行った。今日は定町回《じょうまちまわ》りが来るらしい。

「大変だったみたいですね」

小鈴は小林の顔を見て言った。

「ええ」

あれから十日ほどだが、げっそり痩《や》せている。

「あまり食べてないのですね？」

「食欲もないので」

「それではいけません。力がなければ逃げることさえできませんよ」

小鈴はそう言って、手早く飯をつくった。

残っていたごはんに細切《こまぎ》れに刻んだかまぼことネギとおかかを加えると、すこし菜種油を入れた鍋で炒《いた》めるようにした。そこにしょう油を垂らし仕上げに刻んだ大葉をのせてでき上がりである。

小林は一口食べて言った。

「これはうまい」

「力もつきますよ」

と、小鈴が言った。

たちまち平らげた。

だが、気力がよみがえるというほどではないらしい。

表の戸が叩《たた》かれた。

小林の顔が強張《こわば》る。

「大丈夫。仲間ですから」

小鈴は声をかけ、表の戸のわきの窓から外を確かめ、かんぬきを外した。

日之助がなにげない顔で入って来た。

「わたしは口を挟まないよ。小鈴ちゃんの思うとおりで話を進めてくれてかまわないから」

「わかった」

日之助は、店の準備に入ったみたいに、入口のわきに皮がついたままのタケノコを並べ、ぶ厚い皮を剝《む》きはじめた。もちろん、こちらに耳を澄ましながら。

ふたたび腰を下ろした小鈴に、小林は深刻な顔で、

「じつは、自首しようか迷っているのです」

と、言った。

「自首を」

「親しくしていた従兄弟《いとこ》を訪ね、家の状況を聞きました。当然、手配は回っていて、家のほうも縁を切ったことにしていました」

「そうでしょうね」

「仲間も一人、捕まったそうです。逃げ場が失われつつあります。もう逃げられないのかもしれません」

「逃げられないと思ってしまったら、それは逃げられませんよ」

「長英先生も獄にいるのだと思うと……」

小林周蔵の師匠である高野長英も、北町奉行所に自首してしまった。

その前に一度、長英はここに来た。

渡辺崋山が投獄され、次は自分だと思ったのだ。遠くに逃げるべきだと、小鈴た

ちは勧めたが、

「なまじ逃亡し、埋もれ木のような人生を送り、またひっそりと朽ち果ててしまうのは、男子の恥じるところ。しかも渡辺崋山は、わたしの書いた『夢物語』と関わっていたというのも獄に入れられる理由のひとつとなった。それなのに、わたしが逃げるわけにはいかぬ。自ら訴え出て、公正な裁きを求めよう」

と、反対を押し切った。

裁きは去年の暮れに下り、永牢と決まった。

「いまは小伝馬町《こでんまちょう》の牢にいるらしいですよ」

「はい」

「いつ出られるかもわからないし、牢の中の暮らしはひどいものだそうです」

「それも聞いています」

「身体《からだ》を悪くして、亡くなってしまう人も大勢いるのですよ。それでも入るのですか？」

嘘ではない。

海外渡航計画の疑いがあるというので牢に入れられた人のうち、数人はすでに亡くなったらしい。牢の中は、それほど過酷な暮らしなのだ。

「頼れるところはありませんか？」

「大坂に蘭学をともに学んだ友人がいます。あいつなら、助けてくれるはずです」

「それはいいですね」

「だが、そこにもいずれ……」

小林は力なくうつむいた。すでに気持ちが追い詰められているのだ。

「世の中が変わるかもしれませんよ」

と、小鈴は言った。

「え？」

「蘭学を学び、異国に目を向ける人たちは間違いなく増えつつあるんですよ。そんな人が増えてきたら、変わらないわけがないじゃないですか。蘭学だけじゃありませんよ。いろんなところから、新しい気運が生まれつつあるんですよ」

「それはそうだろうな」

ようやく小林周蔵の目に光が現われた。

「手はずを整えます。いまは、どこにおられるのですか？」

「芝に将来を誓った女がいて、手習いの師匠をしています。そこにかくまってもらっています」

「そこは知られていないのですね」

「いまのところは大丈夫だと思います」

小鈴は日之助を見た。

日之助がゆっくりうなずいた。本当に見張られたりしていないか、日之助が確かめてくれるだろう。

「では、しばらくはそこにいてください。もちろん、目立つようなことはなさらず」

「どれくらい、そこに？」

「これから手立てを考えますが、できるだけ早めに準備します。長引けば、それだけ追い詰められますしね。こちらの準備が整ったら、動いてもらいます。それで、追っ手をあざむき、小林さんには新しい人生を歩み出してもらいます」

小鈴はきっぱりとそう言ったのだった。

店を開け、仕事帰りの客で混み出したころ――。

「源蔵さんは来てますか？」

若い女が店に顔を出した。

最近、ときどきこの店に来るようになった。名前はたしかお菊《きく》といったはずである。

女の客もこのところ増えている。〈小鈴〉は女の客もいやすいという評判で、一日に一人か二人は来ている。

「まだ、来てませんが、もうそろそろ顔を出すわよ」

と、小鈴は言った。

「じゃあ、飲んで待ってようかな」

「どうぞ」

お菊は入口に近いところで、樽《たる》の腰掛けに座った。

「お酒と、いかとネギのぬた。あれ、すごくおいしい」

小鈴ではなく日之助を見てそう言った。眼差《まなざ》しに甘えた感じがある。

それからお菊はゆっくり店の中を見渡した。

誰かと話したそうである。

——寂しいんだろうな……。

小鈴はお菊を横目で見ながらそう思った。女がいちばん男に堕《お》ちやすいとき。

燗したお酒を自分でお猪口《ちょこ》に注《つ》いで、きゅうっとあおった。

いい飲みっぷりである。

「お菊さんだったよね？」

小鈴は声をかけた。

「そうよ。この前は醜態をさらしちゃって」

「ううん。そんなことないよ」

小鈴はなぐさめるように言った。

お菊は、しばらく居候させていた男に飽きられて捨てられた。そのことを愚痴って、泣いていったのだ。

気持ちはわからないでもないが、正直なところ、聞いていてあまり気持ちのいい愚痴ではなかった。

少ない店の売上を持ち出して、小博打《こばくち》でなくしてきたことをしつこくなじった。

愛情を裏切られたことより、お金のことが悔しかったみたいな口ぶりだった。

歳はまだ二十歳《はたち》くらいだろう。

母親が始めた白粉屋《おしろいや》を細々とやっているらしい。

「よう、お菊ちゃん」

源蔵が来た。

お腹《なか》も空《す》いているはずである。日之助がうなずき、源蔵の好きな玉子を使ったどんぶり飯を準備しはじめた。

「さきほどはすみませんでした」

お菊が頭を下げた。

「なあに、どうってことはねえ。それより、驚いただろ？」

「そりゃあ、もう、心ノ臓が止まるかと思いましたよ」

「なにがあったの？」

二人のやりとりに、小鈴は思わず訊いた。

「店を閉めようとしたとき、いきなり、腹を刺された男が入って来たんです」

「まあ」

「はっきりは見なかったけど、ここに短刀が刺さっていました」

「亡くなったの？」

「それがわからないんですよ」

「わからない？」

「あたしは怖くて逃げ出し、番屋に駆け込んだのです」

「そりゃ当然よね」

と、小鈴はうなずき、

「亡くなったの？」

今度は源蔵のほうに訊いた。

「わからねえんだ」

「なによ、それ」

なんだかはっきりしない話である。

「おれはすぐに、番太郎といっしょに現場に走ったよ。ところが、誰もいねえんだ」

「誰もいない？」

「ああ。腹を刺されていたら、そうそう動けっこねえ。それが誰もいねえ」

源蔵がそう言うと、

「でも、ほんとにここに血をべっとりつけた男がいたんです」

と、お菊が言った。

「しかも、血のあとも見当たらねえ」

「血のあとも?」

小鈴が訊いた。

「夢でも見たのかいって、源蔵さんから言われました。暮れ六つ前、店を閉めようというころから、夢なんか見ませんよ」

お菊は恨みがましい目で言った。

「いや、悪かったが、あのときは不思議だったから」

「いままで、お化けを見たりしたことはなかったかい?」

と、日之助が訊いた。

「お化け?」

「いるんだよ。しょっちゅうお化けを見る人は。道端だの、家の隅にぼぉーっと座っていたりするらしいぜ」

「やだぁ」

お菊は嫌そうに顔をしかめ、

「いままで、一度だってお化けなんか見たこと、ありませんよ。それに、あたしが見たのはぼぉーっとなんてしてませんでしたよ。はっきりと見えましたから。顔だって覚えています。道で会ってもわかると思います」

「見たことのない人？」

「はい。見たことはまったくありません」

お菊は断言した。

「それで、なにか言ったんだろ、そいつは？」

源蔵が訊いた。

「言いました」

「思い出したかい？」

「ええ」

お菊はうなずいた。番屋に駆け込んだときは動揺して忘れてしまったのを、やっと思い出したらしい。

「なんて言った？」

「たぶん、こうです。母さんは伝えたぞ……って」

「母さん？」

「ええ。一年ほど前にふいの病で亡くなっています」

お菊はそう言って、つらそうな顔をした。

「母さんの幽霊でもない男が、腹を刺されていきなり現われ、母さんは伝えたぞって、変な話だよなあ、それは」

と、源蔵が言った。

「母さんがお菊ちゃんに伝えたことってあったの？」

小鈴が訊いた。

「いいえ、とくには」

お菊はそう言って、お銚子《ちょうし》の二本目を頼んだ。

源蔵に思い出したことを伝えたら、あとはもう酒を飲むという気持ちになったらしい。また、いかにもうまそうに飲むのだ。

源蔵は日之助がつくってくれたどんぶり飯をかき込みながら、

「あのあたりで、死んだ者がいるという話はまだ入ってきていねえんだよ」

と、小鈴に言った。

「喧嘩があったという話もないの？」

「ああ」

「ということは？」

「そいつは刺されたふりだろうな」

「母さんは伝えたぞって言葉を聞かせるために？」

「そういうことになるか」

「ねえ、源蔵さん。お菊ちゃんが逃げたあと、店のものを盗んで行ったんじゃないの？　脅して誰もいなくなってから盗むという泥棒の手口かもしれないよ」

お菊の店のように、女が一人でやっている店などは、これでかんたんに引っかかるのではないか。

「小鈴ちゃん。そんなことはおれだって考えたよ」

と、源蔵は笑った。

「違うの?」

「なにも盗まれてねえってさ。な、お菊ちゃん」

「はい」

お菊はうなずいた。

では、やはりその言葉を伝えたかっただけなのか。

「母さんは伝えたぞ……」

小鈴は小声で口にしてみた。

よくわからない言葉である。いったいお菊の母はなにを伝えたのか。

「変だよな」

と、源蔵が首をかしげた。

「変だよ」

小鈴は微笑んだ。

二

お菊は手酌で五合近く飲んだ。

かなり酒が強い。肴はほとんど食べていない。

もうそろそろ店じまいである。

しばらく他の客と話していた源蔵がお菊のところにもどってきたところで、

「母親が最後に娘に伝えたいことってなんだろうね？」

と、小鈴がお菊に訊いた。

自分の母のことも思い出している。母さんは、あたしになにをいちばん伝えたかっただろう。あたしがもし、娘を持ったりしたら、最後になにを伝えたいだろう。

難しい疑問だった。

「そりゃあ、こうだろう。じつは、あんたはあたしの子どもじゃないの」

冗談めかして源蔵が言った。

「もし、うちの母を見ていたら、その言葉はぜったいに出てこないと思います」

お菊がもつれた口調で言った。

「そんなにそっくりだったの？」

と、小鈴が訊いた。

「はい」

「じゃあ、これだ。貯《た》めておいたお金のありかはここよ」

源蔵が女の口調を真似《まね》て言った。

「それもないと思います。うちの店の上がりでは、母と娘が食べていくので精一杯でした。とても貯めるなんて無理でした」

「これはどうだい？　じつは、あんたのおとっつぁんはまだ生きてるんだよ」

「うーん。あるとしたら、それかな」

「ほんとにそうなのか？」

「わからないんです。母はあまりおとっつぁんのことを言いたがらなかったから」

「ほう」

源蔵はそう言って、小鈴を見た。そのあたりになんかあるのかなという顔である。

「ま、とりあえず、おめえに怪我《けが》はなかった。あとは、あのあたりでほんとに刺されたのがいたのか、明日も聞き込みはやってみるが、おれたちができるのはそんなところだな」

「ああ、家に帰りたくない」

と、お菊は日之助を見ながらつぶやいた。顔は赤くなっているが、あまり色っぽくはない。

「駄目だよ。帰らなくちゃ」

日之助が真面目な顔で言った。

「だって、また、出そうなんだもの」

「じゃあ、おいらが送ってってやるよ」

と、常連客の団七《だんしち》が言った。団七は坂下で提灯屋《ちょうちんや》をしている。ひどい心配性で、お菊のことも心配になったのかもしれない。

「あんたじゃいいや。板前のお兄さんがいい」

お菊は日之助が気に入ったらしい。

「おい、ぐずぐず言ってるなら、おれが送るぞ」

と、源蔵が言うと、お菊は立ち上がり、団七といっしょに出て行った。

「あの子、なんか危なっかしいね」

見送った小鈴が言った。

すると、店の奥にいた星川が、悪戯っぽい目で小鈴を見て、

「若い娘はみんな危なっかしいぜ」

と、言った。

次の日——。

源蔵はお菊の店の周囲で聞き込みをした。

春の日差しが暖かく、刺された男のことを訊いている自分が、ひどくそぐわないものに思えてくる。こういう日は、川の縁にでも行って、のんびり流れでも見ていたい。

誰も腹を刺された男など見ていない。

だが、おかしな話が出てきた。お菊の死んだ母親のことである。

お菊の母は、おせんといい、十四年ほど前、突然、この麻布にやって来て、あの店を買った。

売主はもう亡くなってしまった近所の筆屋だったが、三十両だかの金でぽんと買

ったらしい。

　女が三十両をぽんと出すのは容易ではない。

　では、金に余裕があったかというと、その後の暮らしぶりを見ても、ここらの誰もがそうは見ていない。

　三十両はどうやって貯めたのか。

　亭主が遺《のこ》してくれたと考えるのがふつうだが、その亭主のことは誰も知らないらしい。

　おせんといちばん親しかったという近所の八百屋のおかみさんも、

「亭主の話は聞いたことないね」

　と、言った。

「妾《めかけ》でもしてたかね？」

「おせんさんがかい？　そんな人じゃなかったよ」

「地味だったんだ？」

「地味だし、水商売などにも縁はなかったと思うね。男が面倒を見てやろうという女じゃなかったよ」

「だいたい、どこから来たんだ？」

「ここに来る前はほうぼうにいたと言ってたけどね」

「ほうぼうかい」

やはりよくわからない。

だが、こんなことはめずらしくない。

人生というやつは、二十年、三十年もすると、当人ですらおぼろげになってくる。

ましてや、他人が一人の女の人生をたどろうとしても、容易なことではない。

ただ、刺された男が飛び込んできたというのは、やはり悪戯ではない。なにかはあるのだ。それが母親の人生とも関わりがあるのかどうか。

――もうすこし、なにか起きてくれねえとわからねえよ。

と、源蔵は思った。


「小鈴ちゃん。頼んでいたものが来たぜ。見においでよ」

と、日之助が呼びに来た。

ちょうど洗濯物を干し終えたところだった小鈴は、急いで外に出た。

「舟でしょ？　舟が来たのね？」

「ああ」

日之助は楽しそうにしながら坂を下った。

一ノ橋と二ノ橋のあいだあたり。星川が立って、誰かと話していた。

小鈴たちが行くと、ちょうど帰って行くところだった。

「昔、ちょっと面倒を見てやった男でな、舟を見つけてくれるよう頼んでいたのさ。ずいぶん速度の出るやつを探してきてくれたよ」

と、舟を指差した。

「まだ新しいじゃないですか！」

小鈴は目を瞠った。

「ああ、深川に住む遊び好きの隠居が、吉原通いのためにつくったんだけど、できあがった翌日あたりにぽっくり逝っちまったそうだ」

「まあ」

「縁起が悪いかい？」

「縁起の悪さくらい乗り越えなくちゃ」

と、小鈴は言った。

ほんとにそう思う。縁起だのゲンだのをかついでいたら、逃がし屋なんてだいそれたことはできない。小林周蔵だけでなく、こっちだって運命に立ち向かう覚悟でやる仕事なのである。

「頼もしいね」

星川は嬉しそうに笑った。

「ほんとに速そうですねえ」

小鈴は前から後ろまで舐《な》めるように眺めた。

猪牙舟《ちょきぶね》よりさらに小さい。三人乗れば、もう狭い感じになる。

「ほら、小鈴ちゃん、乗って」

日之助がそう言って、自分は櫓《ろ》のところに行った。

星川は竹竿《たけざお》を手に前のほうに立った。

「乗るの？」

「そりゃそうだ。乗り心地は試さないと」

「ひぇえ」

悲鳴のようだが、喜びの声である。

舟なんかほとんど乗ったことがない。

真ん中に腰を下ろす。新しい木の香りがなんとも言えない。

星川が竿を突き出し、舟を岸から遠ざける。すぐに日之助が櫓を漕《こ》ぎはじめた。

「おい、日之さん。あまり漕ぐなって。もう流れに乗ってるんだから」

「いやあ、これくらいの速さじゃ敵を追いてきぼりにはできませんよ」

本当に速度が上がっている。

一ノ橋のところで大きく曲がるときは星川が必死で竿を操った。

「きゃあ、怖いよ、日之さん」

小鈴が悲鳴を上げる。

「大丈夫、大丈夫。転覆しても、もう水はぬるいし、底は浅いし」

「やだよ、濡《ぬ》れるのは！」

そういう声も弾んでしまう。

うららかな春の日。

母もこんなふうに、この人たちと遊び戯れたときはあったのだろうか……。

三

それから数日して——。

源蔵が坂下町の番屋に入ると、蒼《あお》ざめた顔のお菊が、番太郎の加治平《かじへい》と話しているところだった。

「よう、お菊ちゃん。どうした？」

「また出たんですよ」

と、お菊は泣きそうな顔で言った。

「またかい？」

「今度は胸のあたりを刺されていました」

「同じ男だったかい？」

「同じでした」

「それで、駆けつけたんだろ？」

と、源蔵は加治平に訊いた。

加治平は六十近いが、身体はがっちりしているし、走れば足も速い。持って駆けつけたらしく、樫《かし》の棒がかたわらに置いてある。

「はい。でも、もう誰もいませんでした」

このあいだと同じである。

「なにか言ってたかい？」

源蔵はお菊に訊いた。

「同じようなことです。母さんは変なこと言っただろ？　って」

この前は「母さんは伝えたぞ」だった。今度は「母さんは変なこと言っただろ？」である。なんか違う気がする。

「変なこと？」

「わからないんです。いま、番太郎さんにもいろいろ訊かれていたんですが」

お菊がそう言うと、

「あっしにもさっぱりわかりませんでした」

加治平は、わけがわからないというように首を横に振った。

「それで、刺された男は、おめえの答えを聞きたがったのかい？」

だから「言っただろ?」と訊いたのではないか。おそらく、こいつはなにかを訊き出したがっているのだ。

「それはわかりません。あたしはすぐ、こっちに逃げて来ましたから」

「ううむ」

源蔵は頭を抱えた。

「もう一度、おめえのところに行ってみよう」

「はい」

「じゃあ、加治平、あとは頼んだぜ」

そう言って、源蔵はお菊の店に来た。

刺された男はこの前と同じように入口から現われた。だが、血のあとはやはり見当たらない。

「ちっと、家の中を見せてもらってかまわねえかい?」

「はい、どうぞ」

小さな店である。

間口は一間半(およそ三メートル)といったところ。一度にたくさんの客など来るわけがないと見込んだつくりである。

白粉のほかに、鉄漿《おはぐろ》や口紅もいっしょに売っているが、どれも高級なものではない。品数も、もうすこし増やしたら、客のほうも買いもののしがいがあるだろうと思ってしまう。

店の裏が三畳間と、台所になっている。

二階も見せてもらう。

二階は六畳間に小さな板の間もついていた。

あまり掃除も行き届いておらず、だらしない感じがする。男物の手ぬぐいが一本、釘《くぎ》にかかっていた。

もっとも、一度だけ見せてもらった小鈴の部屋も、けっこう散らかっていた。若い娘の部屋がきれいなものと想像するのは、おやじの夢みたいなものなのだろう。

「母親の持ち物なんかはぜんぶ処分したのかい？」

「いいえ。もともとたいした荷物はないので、まったくしてませんよ」

と、簞笥《たんす》の引き出しを指差した。

「見せてもらうぜ」

源蔵はそう言って中を探りはじめた。

まだ使っていない手ぬぐいがあり、それには谷中の料亭〈あおうめ〉の名が入っていた。もう一本もやはり谷中で〈天王寺《てんのうじ》〉と入っていた。

「おめえはここに来る前は、谷中にいたんじゃねえのか?」

「谷中ってどこらあたりでした? なんせ、まだ六つだったので、ほとんど覚えていないんですよ」

「谷中ってえのは、上野の不忍池《しのばずのいけ》の北側にあって、ここといっしょで坂の多い町だよ」

源蔵は若いころ一年だけ谷中に住んだことがある。瓦版《かわらばん》に書くための化け物噺《ばなし》を集めてまわるうちに、お絹《きぬ》という女と知り合った。そのお絹がいた谷中の家に転がり込んだのである。

心根のやさしいきれいな女だったが、おかしな神信心に熱中しだしたのに閉口して、逃げ出してしまった。

「ああ、そういえば、坂の上り下りをしていた覚えはありますね。それと、大きな池のほとりを歩いたような気も……」

「やっぱり、そうか。おめえのおっかさんは、六つのおめえを連れて、谷中からこの麻布に引っ越して来たんだよ」

源蔵は、谷中にいた時分によく食べに行ったうどん屋の味を思い出して、遠い目をした。

「谷中から麻布に来たってのも変よね」

源蔵から話を聞いて、小鈴が言った。

今日は客の出足がすごく早かったが、いまはずいぶん引いてしまい、店も閑散としている。

「そうかな」

源蔵は神田、谷中、四谷、白金、本所、麻布と転々としてきた。谷中から麻布もとくに意外ではない。

「商売やるなら、ちょっとでも知り合いのいるところでやったほうがいいんじゃないの？」

「でも、おこうさんだって」

と、日之助は言った。おこうも深川からこの麻布にやって来た。誰も知り合いはいない、こんな坂の上の土地に。

「だって、母はわけありだったでしょ」

「じゃあ、お菊ちゃんのおっかさんも？」

「わけありだったのよ」

「そんなふうには見えなかったと、近所の人も言ってたけどな」

と、源蔵が言った。

すると、黙って聞いていた星川が、

「谷中かぁ、谷中の天王寺じゃ、富クジがあるんだよなあ」

と、ぽつりと言った。

「富クジだって？」

源蔵の目が輝いた。

「まさか、当たったの？」

小鈴が目を瞠った。

「だって、三十両、ぽんと出したんだろ。水商売にも縁のなさそうな、子連れの女が」

　星川は、かんたんな足し算の答えでも言うみたいに、なにげない調子で言った。

「ああ、あっしもそいつが引っかかっていたんですよ。そうか、あっしは谷中にも住んでいたんだけど、天王寺の富クジは気がつかなかったなあ」

「すると、どういう話になる?」

　と、星川が源蔵に訊いた。

「天王寺は一等が千両でしたよね」

「ああ」

「千両なんか当たったりしたら、周りがうるさくてたまらねえんだ。だから、たいがいのやつは黙っているんだが、寺のほうで一等はどこどこの誰それと言っちまったりもする。なかなか隠し通せねえ」

「そうだよね」

　いつだったか、ここでフグに当たって、富クジにも当たった男の話が出たときも、そんな話をしたような気がする。

「あっしも瓦版に書くので、一等に当たった話を訊きにいったことがあったっけ。

天王寺のクジじゃなく、深川の霊岸寺の富クジだった。何番の札だったとか、おまじないみたいなことはやったかとか、根掘り葉掘り訊いたもんだぜ」

「だから、そんな目に、地味な女が遭ってみなよ、源蔵」

と、星川は言った。

「誰も知らないところに行って、それを元手に小商いでもやろうと思うわな。麻布なんてところは谷中とは江戸の南と北だ。誰も知ってる人になんか会うわけがない。そうだ、星川さん、それだよ」

源蔵はぱしんと手を叩いた。

「そうだな」

と、星川はうなずき、

「まあ、あんなものに当たると、たいがいの人生は浮き足立ったものになっちまうわな」

皮肉な笑みを浮かべた。

「でも、星川さん、富クジって決めつけるのは早すぎませんか？」

と、小鈴は言った。

「ほかになんかあるかい？」

「たとえば、おせんさんのご亭主が大泥棒で、盗んだ金を隠してたってのは？」

「なるほど」

星川はうなずき、ちょっと考えてから、

「後ろめたい金なら動かねえな。下手《へた》に動けば逆に目立っちまう」

「へえ、そうなんですか」

「それに、話を聞いてると、おせんと悪事ってえのは、どうも結びつく気がしねえ。泥棒の女房って感じはしねえなあ」

四十年近く悪人を追いかけてきた元同心の勘である。

「じゃあ、十四年前の富クジのことを知ってる人が現われたってわけ？」

小鈴が訊いた。

「そうだろうな」

源蔵はうなずいた。

「暮らしぶりを見て、使い切っていないと思ったのね」

「ああ」

「そうだよね。小さな白粉屋が、わずかな売上だけでかつかつ食べていたんだもの。それで、娘のお菊ちゃんも、そのことはまったく知らなかったんだね」

「もちろん、おせんは言うつもりだっただろう。だが、あの娘の性格を知っているから、なんとなく不安に思えてきたんだろうな」

「たしかにそう思うかも」

小鈴はうなずいた。

不良娘というほどではない。人もそう悪くはない。だが、どこかだらしない、流されやすいところがある。

もし、千両の多くが残っているとわかったら、暮らしはずいぶん乱れてしまうのではないか。おせんはきっとそれを心配しただろう。

「だから、なかなか話さなかったんだよね」

「ああ。だが、ふいの病に襲われた。それでも、亡くなる寸前までは意識があったのかもしれねえ」

と、源蔵は言った。

「そのとき、伝えたんだね」

母から娘に伝えたもの。それは、富クジの残ったお金と、心配する気持ち。

お菊は、お金といっしょに、心配する気持ちも受け取るだろうか。あまりにも性格が違うと、伝えようとしたものも、伝わらなかったりする。

「いや、結局、伝えられなかったって線もあるぜ」

と、星川が言った。

「そうだよ。それで、隠し場所が難しかったりしたら、その金は二度と出てこねえかもしれねえ」

「そうさ」

「それで何十年や何百年と経ったあとで、誰かがたまたま掘り返して、大金を見つけたりするんだよ。糞《くそ》っ。羨《うらや》ましいぜ」

源蔵は悔しそうに言った。

「伝えたのか、伝えられなかったのか……」

星川がそう言うと、

「どっちにせよ、お菊はまったくそれに気づいていねえ」

源蔵がうなずいた。

「いっしょに暮らした男も、富クジの話を知っていたら、お菊の家を出るわけがねえしな」

「それで、十四年前のことを知っている誰かもこう思ったんだ。富クジのことを知らせないまま、金の隠し場所を知ることはできないかと……」

と、源蔵がゆっくり考えながら言った。

そのとき、がたっと音がした。

小鈴たちは驚いて首をめぐらせる。

入口近くにいて眠りこけていた常連のご隠居が目を覚ましたのだった。

「ご隠居さん、大丈夫?」

小鈴が声をかけた。

「ああ、長居してすまないね」

「水一杯、飲みます?」

「いいよ、いいよ」

ご隠居はしっかりした足取りで出て行った。

これでお客は一人もいなくなった。

「だが、変ですね、源蔵さん」

ご隠居を見送った日之助が言った。話はしっかり聞いていたらしい。

「なにがだい？」

「芝居ですよ」

「芝居？」

「そんな短刀の刺さった気味の悪い姿に化けて、若い娘がなにか言いますか。怯《おび》えるだけでしょうよ」

「まったくだ」

源蔵がうなずき、

「馬鹿なんだろうな」

と、笑った。

「あれ？」

小鈴が、目を瞠った。

すると、星川が笑いながら言った。

「源蔵はまだ、わからねえみたいだぜ、小鈴ちゃん」

「めずらしいですよね」

小鈴がそう言うと、

「あ、そうか」

日之助は大きくうなずいた。

「え？　なんだよ、小鈴ちゃん、教えろよ」

「そこは見込んだんですよ。気味の悪い男になって現われたら、すぐに逃げ出すってことは。逃げて、どこに駆け込みます？　堂々とくわしく話を追及できるのは誰です？」

「ん？」

今日の源蔵は勘が悪い。

「仕組んだのは源蔵さん？」

「おれがそんなことやるか。あ！」

やっと気づいたらしい。

「ね」

と、小鈴が笑った。

四

「思い出しました、番太郎さん」

と、お菊が坂下町の番屋に顔を出した。

番太郎はもう一人いたのだが、まったくやる気がないと町の者からのべつ文句を言われ、去年の暮れに解雇された。いまはこの加治平が、一人で町の雑用を引き受けている。

「お、思い出したかい」

「ええ。源蔵親分にも言わないといけませんよね」

「親分は三ノ橋のほうに行ったから、まだもどらないよ。どんなことだか言ってみな」

番太郎の加治平はやさしげな口調で言った。

「母が苦しそうな息で変なことを言ってたんです」

「へえ、なんて？」

「裏に昔飼っていた犬の小屋があるだろ。あの小屋は片づけて、下になにか隠していたりしないか、確かめておきなよって」

「なんだろうな、それは」

「死ぬまぎわに、ずいぶん変なことを言ったもんですよね」

「死ぬ前に言うことなんざ、そういうものなんだろうな」

「あたし、ちょっと買い物に行くので、もし、親分が来たら、伝えておいてもらえますか」

「お安い御用だよ」

お菊が一ノ橋のほうに歩いていくと、加治平はすぐに番屋を出て、お菊の白粉屋に向かった。

店の裏手にまわる。

本当に犬小屋があった。

その小屋をちょっとずらし、持ってきた棒で土をほじくりはじめたとき、

「おい、加治平」

後ろから声がかかった。

「親分……」

「悪いな。おめえの仕組んだのに対抗して、こっちも引っかけさせてもらったぜ」

「え」

「おめえ、知ってたんだろ。ここのおせんさんが前に谷中にいたことを」

「……」

「町役人に聞いたよ。三年前まで、谷中の天王寺で寺男をしていて、子院のつてでこっちに引っ越してきた。寺男が足りていて、番屋にもぐり込ませてもらったってな」

「そうでしたか」

「おせんさん、天王寺の富クジを当てたんだよな」

源蔵はそう言って、加治平の言葉を待った。

加治平はしばらく考えていたが、観念したように言った。

「ええ。一等ではなく、二等の五百両でしたがね。でも、こんなつましい暮らしで、しかも十四年前からずっとだと聞きましてね。そりゃあ、たんまり残っているだろうと」

「おれは、むやみに罪人をつくるような道楽は持っていねえんだ。だから、あんたも後釜を探して、番太郎は引退しなよ」

「ありがとうございます」

加治平はそう言って、深々と頭を下げたのだった。


お菊が思い出した言葉は別にあった。

「茄子《なす》の古漬け」

おせんはそう言い残していた。苦しいのに、いったいなにを言っているのかと思ったそうである。

お菊は糠味噌《ぬかみそ》をかきまぜるのが嫌いで、台所の床下にある甕《かめ》も、ずっとうっちゃったままにしていたのである。

その底を探すと——。

小判で四百二十両が出てきた。

富クジは当たったあと、手数料だのなんだのを取られて、だいぶ目減りしてしまう。だから、この店を買った額をのぞけば、まったく手をつけないままのお金が出てきたのだった。

源蔵は町役人にも立ち会わせて、こう忠告した。

「おめえのおっかさんは、使い道を心配して死んだに違いねえ。その金は札差《ふださし》にでも預けて、利子を稼いでもらったりしたほうがいいぜ」

「じゃあ、三百両はそうします」

「まあ、おれも他人の金のことだから、とやかく言えねえんだが、金ってのは出て行くときは速いからな」

だが、源蔵が心配したとおりのことが起きそうだった。

さっそく次の日。

派手に着飾ったお菊が、店を閉め、朝から芝居見物に出て行くところを源蔵は目撃していた。


「大塩さまは元気だよ」

相模《さがみ》国厚木からやって来た小鈴の叔父の橋本喬二郎《はしもときょうじろう》は、開口一番そう言った。

野菜売りの恰好《かっこう》をしている。

これは得意の扮装《ふんそう》だそうで、ときどきこっちが本職のような気がすると冗談を言ったこともあった。いい男なのにどこか素朴な匂いを感じさせるため、こんな扮装も似合ってしまうのだろう。

「それはよかったですね」

小鈴も嬉しい。

ここ麻布の中川洪庵《なかがわこうあん》のもとでしばらく養生した大塩は、喬二郎が以前から知っていた厚木の温泉に移り、さらに養生をつづけていた。

「ちょっとは意気消沈してもよさそうなのに、そんなようすはまったくない」

「なんなのでしょうね、あの元気は」

小鈴も麻布にいるとき何度か見舞ったが、ろくに身体も起こせないうちから、仲間を集める手立てを語りたがった。

生き生きして人懐っこい表情は、これから会う人たちを魅了するだろう。

ただ、小鈴は怖いと思う気持ちもあるのだ。もし、大塩が大坂でやったことを江戸でも繰り返せば、罪もない人々の命を奪うことにはならないのか。

だが、大塩はそんな心配をするのはおかしいと思えてしまうほど、快活で善良そうなのだった。

「なにせ蛮社の弾圧のことで怒っていてね」

「そりゃあそうでしょうね」

「早くこっちに来たがって大変なのさ」

「駄目ですよ、まだ」

このあたりを何度か、あの八幡信三郎《しんさぶろう》という若い武士が歩き回っているのを星川も小鈴も見かけている。

「それと、小鈴ちゃん。驚くべき報《しら》せもある」

喬二郎の顔が強張った。

「なんでしょう？」

小鈴も緊張する。

「わたしの仲間が、吟斎兄さんを見かけたというのだ」

「え？」

吟斎。戸田吟斎。懐かしい父の名である。

母と十三のあたしを置いて、どこか遠くへ行ってしまった父。『巴里物語』という不穏な書物を書き残して。

あの書物は、いったいどれだけの騒動の種を蒔《ま》いたのだろうか。

「それが妙なことを言っていた」

「なに？」

「吟斎は盲《めし》いていたと」

「盲いて……」

「しかも、本丸目付の鳥居耀蔵の屋敷に入って行ったというのさ」

「鳥居耀蔵といったら、蛮社の人たちを捕まえた首謀者と言われている人ではありませんか」

「そうなんだ」

「なぜ、その家に？」

「わからない。まったくわからないんだ」

橋本喬二郎は首を横に激しく振った。

小鈴は、懐かしい父の姿を思い浮かべようとした。

だが、動揺した心に、その姿はまったく浮かび上がってはこなかった。

第三章　ちんねこ

一

「嬉しそうだね？」

入ってきた笛師の甚太《じんた》に、小鈴は声をかけた。

甚太は店の中を見まわし、太鼓職人の治作《じさく》と、お九、それと坂上のご隠居がいるあたりの樽に腰をかけた。

「まあね」

甚太はうなずいて、酒一本と小鈴丼を頼んだ。

小鈴丼というのは、かんたんな丼飯《どんぶりめし》である。炊きたてのご飯をよそったものの真ん中に穴を開け、大根の葉の漬物と混ぜた納豆を置き、溶いた玉子を真ん中の穴に流し込んだうえに、もう一つ玉子の黄身を飾る。

高価な玉子を二個も使っていて、精もつく。

これは源蔵が大好きで、しょっちゅう「小鈴丼をくれ」と言っているうち、客たちもそう呼ぶようになった。

いまでは日に三杯はかならず注文が入るほどである。

「いいことあったの？」

ぬるめに燗をした酒と、手早くつくった小鈴丼を置いて、小鈴が訊いた。

「うん」

「なに、教えて？」

「おれはいよいよ大金持ちだ」

わからないことを言った。

もともと甚太は貧しくなんかない。腕のいい若手の笛師で、将来は名人級になるのではと期待する人もいるらしい。だから、稼ぎも悪くないはずなのだ。

そんな甚太が妙なことを言い出している。

「なによ？」

「なんだよ。言えよ」

小鈴につづいて、治作もうながした。

「世にも珍しい生きものが、おれの家に生まれるのさ」

「虫？」

小鈴は恐る恐る訊いた。

ツノがあるセミがいるらしい。そんなものだろうか？

「虫じゃないよ」

「河童《かっぱ》みたいなやつ？　それとも川獺《かわうそ》？」

「そんな気味の悪いやつじゃねえ。もっとかわいいやつだよ」

「勿体《もったい》ぶらないで。言って、甚太さん」

「犬と猫のかけ合わせに成功したのさ」

甚太がそう言うと、

「そりゃないよ、甚太さん」

お九が言い、

「うん。それはなにかの間違いだな」

常連のご隠居もうなずいた。

治作だけは、

「あ、あいつらのことか」

と、小さくつぶやいた。

「どうしてないって言うんだよ?」

「だって、そんなの見たことないもの。できるんだったら見たことあるはずだよ、犬猫なんかうじゃうじゃいるんだから」

お九が手を左右に振りながら言った。

「うん。そうだな。犬と猫なんか、そこらじゅうですぐ近くに暮らしているんだよ。それなのに、いまだかつて犬と猫の子どもなんかできたためしがないだろ。それはできないということなんだよ、甚太さん」

ご隠居は、甚太が気を悪くしないよう、ていねいな口ぶりで言った。

「違うんだ。そこは工夫がないからなんだよ」

と、甚太は自信ありげに笑った。

「工夫?」

小鈴は興味を覚えて訊いた。いったい、どんな工夫をしたというのか。

「そこらじゅうでいっしょにいるのは、身体の大きな野良犬だろうよ。おれのは狆《ちん》だから」

「そうか、狆は小さいんだよね」

　小鈴はうなずいた。

　狆は高級な犬である。お城の大奥だとか、大店のお嬢さまの部屋などで飼われている。小鈴は一度だけ、日本橋の上を狆が二匹、並んで歩いているのを見たことがある。若旦那ふうの男が二人で、狆の首につけた紐《ひも》を引っ張っていた。狆は目が大きく、つぶれたような顔をして、なんとも言えない愛嬌《あいきょう》があった。

「ああ。猫とそう変わらない。大きな猫よりも小さいくらいだ」

「なるほど。そこらの犬とじゃ駄目でも、身体の大きさが合うんだね」

　と、お九がにんまりした。

「そういうこと。しかも、それだけじゃない。犬や猫がそこらへんでうろうろしているんだったら、犬は犬に、猫は猫にしか興味を示さないさ。だが、おれは、二匹だけを完全に閉じ込めたんだ」

「そんなことしてたんだ」

小鈴は呆れて言った。まったく人というのは、知らないところでいろんなことをしているものである。

「そのうち、猫の盛りの季節がきた。そこらで暮らしていれば、牡猫《おすねこ》は寄ってくるよな。でも、閉じ込められた牝猫《めすねこ》のところに、牡猫は来ない。牡犬しかいない。最初は、鼻が黒くて、わんわんと鳴いたりする、あんな変な生きものに身をまかせたくないって思うよ」

甚太がそう言うと、小鈴だけでなく、お九もご隠居も噴き出した。

「でもさ、それしかいないんだから。もしも、小鈴ちゃんやお九さんが無人島とかに流されてだぜ、そこにはおれとか治作しかいなかったとするよ」

「やぁだぁ、そんなの」

と、お九が言った。

「なにがそんなのだよ」

治作は文句を言った。

「じゃあ、ご隠居しかいなかったとするよ」

「おいおい」

ご隠居は嬉しそうに慌てた。

「ま、要するにそういうことだよ。あんなやつとはどうにかなりたくなくても、そりゃあ、嵐の夜は怖いし、寒い冬は人恋しい。な？」

「いいから、犬猫の話をしなよ」

小鈴は笑いながら先を進めた。

「それでふた月ほど前に、猫があの盛りの声をあげてたのが、ぴたりとやんだのさ」

「…………」

小鈴もお九もご隠居も、顔が本気になっている。

治作だけはにやにや笑いながらそっぽを向いている。

「もちろん、外になんか行ってないよ。よその猫も入り込んだりしていねえ」

「だって、甚太さん、ときどきここに来てたじゃないの」

と、小鈴は言った。

「そのときは、しっかり戸締りも錠前もしてきてるもの」

「見たの、あれをしてるところを？」

お九は我慢できないというように訊いた。

「いや、そこんとこは見ちゃいねえ。あいつらだって、見られるのは嫌だったんじゃないか。ふつうの相手ならともかく、犬は猫とだし、猫は犬とだし」

甚太はいかにも嫌そうに言った。

皆、ひとしきり笑ったあと、

「それで、できたの？」

小鈴は信じられないというように訊いた。

「だんだんお乳が張って、お腹が大きくなってきた。それから、ふた月ほど経ったのさ」

「ああ、猫はふた月くらいで産むね」

「狆と猫のかけ合わせだから、ちんねこてえんだ」

「ちんねこ！」

「そりゃあ面白いねえ」

女たちといっしょに、ご隠居も笑った。

治作はまだにやにやしている。

「これはかわいいぞ。しかも、めずらしいから、むちゃくちゃ高値になる」

「それで大金持ちって言ってたんだ？」

小鈴は笑いながらうなずいた。

「噂を聞いて、お大名あたりもゆずってくれと言ってくるかもしれねえぜ。いくら値をつけるかね。天下に一匹だけだったら、百両じゃすまねえよ。千両ってとこかな」

甚太はそう言って、箸を置いた。ちょうど小鈴丼を食べ終えたところだった。

「そんなにうまくいくかねえ」

お九が嬉しそうに首をかしげた。もっとも、お九は家にもどれば、前の亭主と別れるときの口止め料にもらった千両箱があるらしいのだが。

「でも甚太さん、よくそれをいままで黙ってたね」

と、小鈴が言った。

甚太は決して無口ではないし、面白い話で周りを沸かせるのも好きな男である。

「いや、言いたかったんだけどさ。生まれる前からここらで噂になると嫌だし、治作なんかぜったいに言ってまわるし、それにこういうことは他人に話すと失敗したりするものだから」

「そうそう、他人に話すと駄目になることって多いよ。再婚話とかもそう」

お九が納得すると、

「それで、もう話して大丈夫なんだ?」

小鈴が訊いた。

「ああ、たぶん、今夜あたり生まれるよ」

「へえ。なんか、どきどきしちゃうね」

「うん。じゃあ、生まれたりしてると心配なんで」

甚太はそう言うと、嬉しそうに帰って行った。

甚太がいなくなるとすぐ、

「ねえ、いまの話、ほんとなのかね?」

お九が治作に訊いた。

「犬と猫がいるのはほんと。猫が腹ぼてになっているのもほんと」

治作と甚太は、ときどきお互いの家にも行ったり来たりしているのだ。

「見たんだ？」

「見た。でも、それが犬の仔《こ》かどうかはわからねえよ」

「だよね」

　と、お九はうなずいた。

「あいつ、小鈴ちゃんにべた惚れだから」

「そうだよね」

　さらに大きくうなずいた。

「気を引きたくて、嘘を言ってるんだと思うよ。おれは、あいつが話しているときから、笑いたくてしょうがなかったんだ」

　だから、治作はにやにやしていたらしい。

「治作さん。それはないよ」

　と、小鈴は言った。

「そうなの？」

「甚太さんは、そんなつまらない嘘を言う男でないのはわかるもの。甚太さんは、間違いなく信じているんだよ」

「あれ、小鈴ちゃん、かばってるみたいだけど、甚太に気があるの?」

治作はからかうように言った。すこし意地の悪そうな表情も混じっている。

「ばあか」

小鈴は子どもを叱《しか》るみたいに言った。

「甚太なんかじゃ駄目だよな」

「甚太さんは、もっといい娘《こ》を見つけるよ。あたしみたいな変な女じゃない娘をね」

それは小鈴の本心である。

二

それから半刻《はんとき》(およそ一時間)ほどして——。

「おい、いよいよ生まれるよ」

と、甚太がまた、やって来た。

治作とご隠居はもう帰ったが、お九はまだいて、ちあきも仕事を終えて駆けつけてきていた。

「お産が始まったんだ。いよいよだぜ。見に来てもいいぜ」

甚太は興奮した顔で言った。

「あたし、見たい」

小鈴が言うと、

「あたしも」

お九も立ち上がった。

店はもうだいぶ落ち着いていて、日之助だけで足りそうである。いざとなれば、星川や源蔵も手伝ってくれるのだ。

「ちあきは？」

甚太が訊いた。

「あたし、猫のお産、見たことあるから。いま、来たばっかりだし」

と、うまそうに最初の一杯を飲んだ。

「よし。じゃあ、小鈴ちゃんとお九さん」

「うん。日之さん、ちょっとだけ出てきます」

甚太のあとから急いで坂道を下りた。

甚太の家は坂を下りきってちょっとだけ中に入ったところにある。若い男が一人住まいにするのは勿体ないくらいの、二階建てのなかなか洒落《しゃれ》た家だった。

小鈴は家の前に来たのも初めてである。

入ってすぐのところは、板敷きの仕事場になっている。もとは豆腐屋だったと聞いたことがあるので、土間をつくりかえたのかもしれない。

奥は台所と荷物置き場になっていて、笛の材料になる古い竹がいっぱい並べてある。

甚太から、竹は安房《あわ》や上総《かずさ》のものがよく、古民家の天井などで長年、囲炉裏の煙で燻《いぶ》されたものが最高の材料になると聞いたことがある。

そのわきが階段で、

「二階だよ」

と、甚太が先に案内した。

上り口に狆がいて、小鈴たちを見るとうるさく吠《ほ》えたが、

「やかましいっ」

甚太が一喝したらおとなしくなった。

二間つづきの畳の部屋になっていて、奥に六十くらいの女がいた。

「あれ、おまささん」

お九は顔なじみらしい。

「ああ、お九ちゃん」

「おまささん、猫のお産までやるの？」

どうやら産婆らしい。

「まさか、やらないよ。でも、この人が大事な仔だから、見てやってくれとしつこいからさ」

と、おまさは甚太を指差した。

「おれだって、どうしたらいいかわからねえから」

「犬猫なんざちゃんと自分でやれるんだよ。まったく人間だけだよね。お産も自分一人でできないのは。子どものほうも、なかなか歩き出せないし、いつまでも乳離れはできないし」

おまさは弱ったもんだという口調で言った。

「でも、あたしもおまささんの世話になるかも」

と、お九が言った。

「あいよ。いつでも来なよ」

「猫はそこだね？」

小鈴がそっと近づいた。

押入れの隅に木箱があり、藁《わら》や干し草みたいなものが敷いてあり、そこに猫が丸く横になっていた。

「あ、すこし見えてきたね」

と、おまさが言った。

「どれどれ」

小鈴とお九が顔を近づける。

「猫のお産はあんまり近づいて見てはいけないらしいよ。猫が怒って、子どもを育てなくなったりするんだと」

おまさが二人に言った。

「あ、じゃあ、ちょっと下がろう」

そっと遠くからようすを窺う。

甚太は心配らしく、両手を合わせて南無阿弥陀仏《なむあみだぶつ》をつぶやいている。

「あんた、猫の仔のことでそんなに心配してたら、自分のおかみさんのときは大変だろうが」

と、おまさが笑った。

「おれ、心配性なのかな」

「ま、なにも心配しない能天気な亭主よりはずっといいよ」

おまさの言ったことに、

「そうだよ。甚太さんはやさしいんだよ」

と、小鈴も付け加えた。

仔猫の身体の一部は見えてきても、まだほとんど出てこないらしい。

親猫はときおり力んだりして、見ているほうも力が入ってしまう。

ふと、後ろを見ると、狆が寝そべってこっちを見ていた。この狆も、きょとんとした愛らしい顔をしている。

「狆の名前は？」

小鈴は訊いた。

「ないよ。狆て呼んでる」

「名前ないの？」

それも変ではないか。

「猫はあるよ。タマってんだ」

「ふうん」

狆はわけありなのか。

「狆は近づかないんだね」

と、お九が感心した。

「近づくと怒って引っかかれるから、あそこには近づかないんだ」

「猫のほうが強いんだね」

「大きい犬は知らないけど、狆と猫じゃ、猫のほうが強いよ」

甚太はそう言った。

小鈴のところも犬のももと、猫のみかんがいるが、たしかにみかんのほうが俊敏である。

小声でそんな話をしていると、ふいに猫の下腹部がふくらんだみたいに見えた。

「あ、出た」

と、おまさが言った。

「なんかしなくていいのかい?」

甚太がおまさに訊いた。

「いいんだよ。猫は、へその緒も自分で食いちぎるし、仔を包んでいた羊膜も食べてしまう。子どもの身体もぜんぶ舐めて、きれいにしてやるんだよ」

ほんとにそのとおりだった。

途中、生まれた仔が、

「みゅう」

と、小さく鳴いた。

「息をしはじめたよ。人間の赤ちゃんだと、ぎゃあーって泣くところさ」

と、おまさが言った。

「へえ」

小鈴の胸に熱いものがこみ上げた。

誰にも教わらず、誰の手助けも得ず、猫はこうして命をつないでいく。

「たいしたもんだね、猫って」

小鈴は思わずそう言った。

「そうなのさ。産婆の仕事をしていると、人間というのはつくづく一人じゃ生きていけない生きものなんだって思うよ。まったく、どっちが偉いんだかわからないね」

おまさがうなずいた。

人間は偉くなんかない、と小鈴は思う。一生懸命、強くあろうとしても、やっぱり弱くて、哀れな生きものなのだ。あたしも星川さんたちに助けられて、いまを生きている。そのお返しに、逃げ込んで来る人たちを助けてあげなければならない。

「あ、また生まれた」

お九が見つけた。

同じように、へその緒を嚙みちぎり、羊膜を食べた。

母猫の足のあたりに仔猫が二匹ならんだ。

「おまささん、何匹産むんだい?」

甚太が訊いた。

「ぜんぶ生まれてみないとわからないよ。多いときは五、六匹産んだりするけど、この子は初産《ういざん》だろ？」

「ああ」

「だったら一匹とか二匹だけだったりするよ。朝になってからまた生まれたりなんてこともあるからわかんないけどね。たとえ、もっと産んでも、なにもやらなくていいってわかっただろう」

「どう見ても猫の仔だしね」

小鈴は甚太を見て言った。

「まだわかるもんか」

甚太がそう言うと、おまさが妙な顔をして、

「あんたたち、なに言ってるんだい？」

と、訊いた。

「もしかしたら、その狆が親かもしれねえのさ」

「なに、馬鹿なこと言ってんだね。犬と猫のあいだに子どもはできないよ。あんた、

そんなこと思ってあたしを呼んだのかい？　まったく、もう。あたしは帰るよ。今日あたり生まれそうなところもあるんだから。もちろん、人の子どもだよ」

　産婆のおまさは、そう言って帰って行った。

「じゃあ、あたしたちも帰るよ」

　と、小鈴も言った。

「うん。悪かったな、わざわざ来てもらって」

「そんなことないよ。感動したよ」

　たとえ犬と猫のかけ合わせではなくても、見てよかった。

「でも、見てくれよ。よその猫なんか入り込めねえだろうよ」

　甚太は部屋全体に手をまわすようにした。

「どおれ」

　小鈴とお九は、この家のつくりを見た。

　二階の窓にも半分まで格子がある。上半分は開いているが、いくら猫でもこんなところに乗って、飛び降りたりはしない。

　もし、飛び降りていても、もどれない。

「下の窓もぜんぶ格子を嵌《は》めたんだ」

「わざわざ嵌めたの？」

小鈴は呆れて訊いた。

「そうだよ」

なんとしても犬と猫の仔をつくろうとしたらしい。

階下に降りた。

窓を確かめる。頑丈な格子が嵌まっている。向こう側に物干しがつくられ、長い竿がかかっていた。

「昼間、お客さんが出入りするんでしょ？」

そのとき、隙を見て、出入りしたのではないか。

「昼間はそこの板戸をぴっちり閉めているのさ」

「ふうん」

小鈴は腰をかがめてその板戸を見た。重そうな板戸だが、猫は思いがけない力で戸を開けたりもする。油断ならない生きものなのだ。

だが、板戸には猫が引っかいたようなあとも見当たらない。

「ほんとだ。こりゃ、無理だね」

と、小鈴は言った。


小林周蔵は築地の掘割に舟を漕ぎ入れ、静かに岸に寄せた。

本願寺の真裏、南小田原町である。

町人地だが、表通りからは遠い。漁師が多いらしく、朝も早いのだろう。周囲は寝静まったようである。

小林周蔵は舟に腰を下ろし、河岸《かし》の前にある家の二階の窓を見た。そこだけは、まだ煌々《こうこう》と明かりがついていた。

ここの町家で、長英の弟子たちがいまも集まって蘭学を学んでいるのだ。

小林周蔵もこんな騒ぎに巻き込まれる前までは、夜遅くまで学問に励んだものだった。蘭語を覚えるのに、いったん日本語を忘れようと思ったこともある。それで日本語はいっさい口にしないといって、結局、三日ほど誰とも口をきかなかった。その分、蘭語を覚えたのかどうかはわからない。いまはただ、そうした熱中ぶりがひどく懐かしい。

ここは、なんとか塾という名前もないのだという。また、とくに師匠役もいないらしい。医術や舎密《セイミ》（化学のこと）に堪能な者などがそれぞれ後輩を教えるかたちで、互いに切磋《せっさ》琢磨《たくま》し合うという集まりになった。

「まつりごとには関わらない」

それは外に向けても宣言したらしい。

自分たちは単に学問の徒であり、お上《かみ》のするまつりごとに口をはさむつもりはまったくないと。あくまでも、人の命を救うための医術、真理を究めるための舎密を学ぶにすぎないと。

――それは違うだろう。

と、小林周蔵は思う。

結局、出世のための学問を身につけたいだけなのだろう。世渡りのための学問なら、それはしょせん、処世術にすぎない。

学問はもっと自由なもので、まつりごとやこの国の在り方まで自然と考える羽目になってしまう。そこのところには、まったく目をつむってしまうというのは、やはり無理がある。

「お前ら、長英先生になにを習ったのだ」

と、言ってやりたい。

寂しさと情けなさの入り混じった感情がやってきた。

ここはもう、町方に通じてしまっているのだ。

顔を出せば、すぐ町方に連絡がいくなどして、たちまち捕まってしまう。じっさい、ここのようすを教えてくれた友人がそうして捕縛され、いまは小伝馬町の牢にいる。

だが、〈小鈴〉の人たちは、いったん顔を出すべきだと言った。

そうしておいてから、舟で逃げろと。この舟もそのためにあの人たちが準備してくれたものだった。

築地の川の近くなので舟を使うことにしたという。逃げさせるためのいろんな方法を考えたが、これがいちばんなのだと、小鈴が言った。

それは今日ではない。準備ができたら連絡が来る。いまは下見のつもりで見に来たのだ。

——本当に逃げ切ることはできるのだろうか。

伝説の秀才である戸田吟斎と、おこうさんの娘の小鈴。人物としては信頼できても、そんな手管については大丈夫なのか、不安である。ただ、小鈴には三人の協力者がいる。いずれも豊かな人生経験を持った、有能な男たちだと思えた。あの人たちを信じるしかないのだ。

——ん？

ふいに近くで言い争う声がした。

小林周蔵は動きに気づかれないよう、そちらを見やった。なにやら揉《も》めごとがはじまったらしい。

「おいおい、おめえら、どこの者なんだよ」

着流しに刀一本を差した武士が、町人ふうの男二人に食ってかかっていた。着流しの武士の少し後ろには羽織袴《はおりはかま》の男がいた。

「どこの者だって？　おい、お侍。あんまり偉そうにしねえほうがいいぜ」

「どうしてだよ？」

「おれたちの後ろにはお城の偉い人がついていて、下手な真似したらとんでもねえことになるぜ」

「誰だよ、偉い人ってえのは？」

着流しの武士は面白そうに訊いた。

「おめえさんなんぞには言ってもわからねえよ。ずっと上のほうのお方だからな」

町人ふうの男たちは、顔を見合わせて笑った。

「見当はついてるよ。そこの家をこそこそ見張ってるんだろうが。鳥居だろ、本丸目付の鳥居耀蔵だろ」

「え」

「わかってんだから。もう、帰れ」

「そう言われても」

二人は愕然として、また顔を見合わせた。

そのとき、後ろから若い武士が足早に迫ってきた。

「どうした？　なにを騒いでいる。見張りの途中だぞ」

若い武士は町人たちを叱るように言った。

「あ、八幡さま」

鳥居耀蔵の甥の八幡信三郎だった。

「いえ、このお方が帰れというので」

「なんだと」

八幡は刀に手をかけた。こよりをはじき、鯉口《こいぐち》を切った。脅しではない。むしろ、抜きたいのだ。

着流しの男はその手の動きを見て取りながら、

「ここの見張りはおれたちがやるから、おめえらは帰れと言ってるんだよ」

と、言った。

いまにも抜こうとしている男と対峙《たいじ》して、まったく臆していない。

「誰に言っているのだ？」

「鳥居の子分たちだろ」

「なに」

「ここは町方が引き受けたぜ」

「町方か。あいにくだな。この件はわれらが先に動いている」

「先もへったくれもねえよ」

「きさま」

夜目にも八幡信三郎の血相が変わっているのはわかる。

着流しの武士の横に、羽織袴の武士が近づいた。こっちもすでに鯉口を切っていた。

「おい、おめえ、鳥居の家来か。おれにそんな真似をすると、鳥居の立場も命もあやういぞ」

着流しの武士は、八幡信三郎に言った。

「きさま、誰だ？」

「おれは、北町奉行の遠山金四郎ってんだ」

「え」

八幡信三郎は目を瞠った。

「偉そうに言うと、遠山左《さ》衛門丞《えもんのじょう》景元《かげもと》ってえんだ」

「嘘だろう」

「嘘ではないぞ。わたしは内与力の藤本《ふじもと》という者だ」

遠山の後ろで、羽織袴の武士が腰から十手《じって》を取り出してみせた。

「鳥居のところに物騒な若いのが一人いるとは聞いてたぜ。おめえのことか」

と、遠山金四郎は町のごろつきのような巻き舌で言った。

「ううっ」

「鳥居もほうぼうへ出しゃばる男だが、ここまでは出て来ねえのかい。それじゃ駄目だと言っときなよ」

「なんと」

「本丸目付のやるこっちゃねえ。引っ込んでなよ」

遠山金四郎はあっちへ行けというように、八幡信三郎に向かって顎《あご》をしゃくった。

三

「うわぁ、かわいい」

竹のカゴの中をのぞき込んだ小鈴が、たまらないというように言った。

「どれどれ」

お九や治作はもちろん、星川や日之助まで首を伸ばした。見れば皆、目尻が下がる。

甚太が仔猫を店に持ってきたのだ。

生まれて五日目である。

一匹は母親に似たトラで、もう一匹は黒白のまだらになっている。

カゴの中でまだよちよちしている。猫の俊敏さはまったく見られない。

「目は見えてるのかな」

と、小鈴が言った。

「見えてるみたいだよ。母親が尻尾を動かすと、前足をこんなふうにするから」

そう言って、甚太は仔猫の前足を真似てみせた。

「いまごろ、親猫は心配してるんじゃないの」

「ああ、長居せずに帰るよ」

甚太はそう言って、酒一本と小鈴丼を頼んだ。

カゴの中の猫をいかにもかわいいというように指でつついている治作に、

「そういや、おめえも猫を飼いたいって言ってたよな」

と、甚太は言った。

「飼いたいよ」

「じゃあ、お前にトラのほうをやるよ」

「お、いいのか」

「そのかわり、犬の血が見えてきたら返せよ」

「なんだよ」

「当たり前だろ」

「このまま連れて帰ってもいいかい？」

「まだ、駄目だよ。乳離れできてないんだから」

「ああ、早く連れて帰りてえなあ」

治作はじれったそうに言った。

小鈴はそんなやりとりを見ながら、言わないほうがいいのかとも思ったが、

「ねえ、でも、やっぱりこれは猫だよね」

と、言ってしまった。言いたくて我慢しているというのも冷たいような気がしたのだ。

「そうだな」

甚太はうなずいた。

「自分でもそう思っていたんでしょ?」

「うん。いまのところは、どう見ても猫だわな」

「いまのところって、たぶんずっと猫だと思う」

「おかしいんだよなあ」

甚太は腕組みし、唸《うな》るように言った。

「箱入り娘にだって不始末は起きるんだから、猫じゃあ起きるのが当たり前だろ」

と、治作がからかうように言うと、

「でも、狆も狆だよ。黙って見てたんだろ。自分の嫁が寝とられるのを」

日之助が調理場から笑いながら言った。

小鈴もつい笑ってしまう。

「なんか、喜んでない?」

甚太は小鈴に言った。

「そんなことないよ」

「しかし、どうしても納得いかないな。ぜったい、外に出られないはずなんだぜ。

いつ、どこで、そんなことになるんだよ？」

と、甚太は怒った顔で言った。

小鈴も甚太がそう思うのはわかるのである。あの家のつくりで、甚太がいつもほかの猫が入らないよう気を使っていたら、たしかにそんなことは起きようがないだろう。

だが、やはりそれは起きてしまったのだ。

「そもそも、どうしてちんねこなんて変なこと考えたの？」

と、小鈴は訊いた。

「変なこと？」

「狆と猫をかけ合わせようなんて、ふつうは思わないよ」

「あのね、猫は前からいたんだよ」

「あ、そうなんだ」

「そこに狆が来たからだよ」

「そういえば、狆なんて高価な犬でしょ。なんで、あんたが持ってんの？」

話を聞いていたお九が甚太に訊《たず》ねた。

「ほんとだね」

小鈴もうなずいた。考えたら、それがいちばん変なことかもしれない。

「迷子だったんだよ」

と、甚太は大事な告白のように言った。

「あ、そうか」

「迷い犬だったんだ」

お九と小鈴が同時に言った。

「新堀川の縁を歩いていて拾ったんだよ。しばらくかまっていたけど、飼い主はやって来ないし、あんまり可愛いので家に持ち帰ったんだよ」

「あらあ」

「でも、いつか飼い主が来て、返さなければならないかもしれねえだろ」

「そうだよ」

「そんとき、あいつの子どもがいたら、寂しくないかなと思ったんだよ」

「なるほど」

「寂しくなるよね」

小鈴とお九は同情したようにうなずいた。

「でも、メスの狆なんかここらじゃ知らないし、産んでくれとも言えねえだろ」

「まあね」

「それで、猫が産んでくれたらなあって思ったのさ」

甚太はそう言って、カゴを持ち、立ち上がった。すでに銚子一本は飲み終え、小鈴丼も平らげていた。

「ずいぶんかわいい夢を見たんだね」

小鈴はそう言って、甚太を送り出した。

四

今日は注文が多い。

客の数はいつもとそう変わらないのだが、肴がやたらと出る。

朝からずっと、天気がよく、乾いた風が吹いて気持ちのいい日だった。だから、男たちは目いっぱい働くことができたのかもしれない。

となれば、当然、男たちは酒がうまく、腹も空いているから肴もたくさん食べたいだろう。

働く江戸の人たちにとっても、小鈴の小さな酒場にとっても、いい一日だったのだ。

「小鈴ちゃん、刺身」

日之助の声がした。

「あら」

調理場のほうからいきなり小鈴の前に刺身の皿が突き出された。棒の先にカゴが下がっていて、その中にまぐろの刺身の皿が入っていた。

「遠回りしなくてすむだろ」

と、日之助が笑った。

入口近くの客に注文の品を出すときは、奥にある調理場への入口に回らなければならない。

だが、壁の上半分は吹き抜けで、そこから出してくれた。日之助は慌ただしく動いている小鈴に気を使ってくれたのだ。

「ありがとう、日之さん」

小鈴はそう言ってから、見たこともない光景を頭に浮かべた。

長い棒。その先についたカゴ。

地上から、二階の窓に……。

小鈴はまだ飲んでいたお九のところに行き、

「ねえ、お九さん。もしかしたら、来たんじゃないの？」

と、言った。

「来た？　なにが？」

お九はわけがわからない。

「甚太さんのところに、狆の飼い主が」

「ああ、その話ね」

「狆の飼い主がずうっと捜しまわっていたとするよ。それで、あのあたりにもやって来て、狆の名前を呼んだんだよ」

「元の飼い主は、そういうこともするだろうね」

「そのとき、甚太さんは出かけていたりして、二階の窓は開いていたとするよ。狆は覚えのある声で名前を呼ばれたものだから、嬉しくて吠えるよね」

そんなときの犬は近所迷惑になるくらい、けたたましく吠える。

「だろうね」

「でも、下から見上げても犬の姿は見えない。そんなとき、お九さんならどうする？」

「甚太さんがもどって来るのを待って、声をかけるよ。もしかして、この家に狆はいませんか？　って」

「そうだよね。でも、その飼い主というのが、内気な箱入り娘だったりしたら？」

「声、かけにくいかもね。甚太さんて、仕事してるときは変に仏頂面《ぶっちょうづら》してるしね」

「でしょ。甚太さんて、知らなかったら話しにくいんだよ」

この店に来たのは、小鈴のほうが甚太よりあとだったが、店に出たばかりのころは、なんとなくとっつきにくかったものだ。

「ふうん。小鈴ちゃんだったら、どうする？」

と、お九が訊いた。

「あたしなら、ざるみたいなやつを持ってくるよ」

さっき、日之助のしたことから思いついたのである。

「うんうん」

「それを、甚太さんがいない隙に物干し竿の先に取りつけて、二階の窓から入れるんだよ。狆の好物かなんかをいっしょに入れてね」

「うんうん」

「それで、乗ったなと思ったら、ぐっと持ち上げるわけ」

「でも、犬一匹といっても、けっこう重いよ。あたしみたいに力仕事で鍛えている女ならともかく、箱入り娘ができるかなあ」

「あそこに物干し台があったんだよ」

「うん。あったね」

「あれに竿をのせ、梃子《てこ》みたいに使ってやれば、そんなに重くないはずだよ」

「なるほど」

お九はうなずいた。

だいたいそういうときは、そこらにあるものなどでいろいろ工夫を試みるものである。頭で想像するよりもうまくいったりするものなのだ。

「まあ、一度じゃうまくいかなくて、何度もやったと思うよ。それで、ついに狆が乗ったざるを外に出すのに成功した……と思ったら」

「猫だったんだ」

お九はそう言って、ぱんと手を叩《たた》いた。

「そう。猫はそれで外に出られたわけ。これだと、猫は逃げっぱなしになるよね。でも、箱入り娘が、そのまま逃げてしまうようないい加減な娘でなかったら?」

「そこらを捜して、トラ猫を見つけ、もう一度、ざるに乗せて中に入れるんだろうね」

「できないかな?」

と、小鈴は首をかしげた。猫はすばしっこい。しかも、猫の気質にもよるが、暴れ出したら手がつけられなかったりもする。ざるに乗せられ、おとなしく二階にもどされたりするだろうか。

「いや、できるよ。軽く縛ったりして、ざるに乗せれば、二階に突き出すまでの時間は稼げるもの」

と、お九は言った。

「なるほど。頭から袋をかぶせてもいいよね。猫が動けないあいだに、二階の中に入れちゃえばいいんだからね」

「じゃあ、猫はちょっとだけ出たときに……」

「子どもをつくったんだよ」

小鈴は嬉しそうに笑った。

「違うトラ猫だったってのは？」

「そんなに都合よくそっくりの猫はいないと思うな」

「すごい、小鈴ちゃん。謎、解いたよ」

「いちおう辻褄《つじつま》は合うよね」

「合う」

「でも、証拠はまったくないんだよねえ」

と、小鈴は言った。

残念だが、真相はわからずじまいになるのだろう。

「ううむ。遠山のやつ、そこまで言ったか」

鳥居耀蔵が唸った。

甥の八幡信三郎が、築地でのできごとを報告したところだった。五日ほど前のできごとだったが、鳥居はこのところお城に泊まりづめになっていて、屋敷にもどれずにいたのである。

「遠山というやつ、どういう男なのですか？」

と、八幡が悔しそうに訊いた。

「やくざのような男だ」

「旗本なのでしょう？」

「若いうちからろくなことをしていない。人のあらを探すのがうまく、それをちらつかせながら、牽制《けんせい》したり、すり寄ったりする。排斥しようとしたら、死なばもろともだと脅しもかけるらしい」

「なんと」

「そのくせ自分をよく見せるのがうまいから、上や下にもあいつを慕う者は少なくない。ほんとに嫌な男なのだ」

「では、このまま引き下がるのですか？」

「そんなことはない。だが、小林周蔵の捕縛は遠山にやらせるしかないかもしれぬな」

「そんな」

「小林など雑魚《ざこ》だ。それはよい」

「では、わたしはなにをすればよいので？」

「そなた、この一年、働きづめだった。すこし休んでもよいのだぞ」

鳥居は労をねぎらった。

じっさい、この若い甥っ子の働きぶりは素晴らしかった。いま、小伝馬町の牢にいる何人かも、この甥の活躍があってこそ捕縛できていた。

人を追いつめる能力。まるで猟犬のようなこの甥の才能は、叔父ながら恐ろしいと思うほどだった。

「いまさら、なにを」

と、八幡は笑った。

「休みたくないのか？」

「こんな面白いことをわたしに教えておいて、いまさら取り上げるのは残酷というものでしょう」

「ほう」

鳥居は頼もしげにうなずき、

「大塩らしき男の行方はわからぬのだろう?」

と、訊いた。

「ええ。ずっと捜していますが、まるで足取りがつかめません。もしかしたら、死んだのかもしれませんよ。そう深くはなかったにせよ、肩から背を斬《き》ったのはたしかなのですから」

「ふうむ」

死んだとしたら、じつに勿体ない。大塩をうまく泳がせたりしていたら、どれだけろくでもない連中を引っ張り出せたことか。

「北斎はどうだ?」

「あいかわらず居どころを転々としながら、絵ばかり描いています。だが、あれは爺《じじ》いですから」

甥っ子は、追う甲斐《かい》がないというような顔をした。

だが、あの爺いこそ曲者《くせもの》なのだ。あのしらばくれた爺いに嫌疑をかけ、手鎖にでもしようものなら、周囲の絵師やら戯作者《げさくしゃ》どもは震え上がるに違いない。くだらぬ迷妄を描きつづける連中が。

「富士講の筋は追ってくれているのか？」

じつはそこも目が離せない。やつらは、富士の山に江戸の町人たちを引き連れて行っては、四民平等などという戯言《ざれごと》を吹き込んでいる。

しかも、富士講の中枢には、莫大な金が集まっているのだ。その金がろくでもない連中に流れ込むようなことは、なんとしても阻止しなければならない。

「そちらはこのところ、怠っていました。だが、山開きが近づくにつれ、動きも出てくるでしょう。わかりました。そっちも追いかけてみます」

八幡信三郎はうなずき、部屋を出て行った。

鳥居耀蔵はそれから後ろを振り返り、庭の前の縁側に座っていた戸田吟斎に声をかけた。

「のう、吟斎。遠山のやつ、なんのつもりなのかな」

吟斎は庭の鳥たちの気配に耳を澄ましていたようだったが、

「さあ。わたしは、そのお方のことは存じ上げないのでよくわかりませんが、ただ……」

と、口ごもった。

「ただ、なんだ？」

「御前はその遠山とやらに弱みを握られているのですね」

「え」

鳥居は絶句した。

なんと勘のいい男なのだろう。

「ま、それはいずれ。だが、なんとかして町奉行になりたいものですな」

と、吟斎は言った。

「うむ」

じっさい、その通りだった。

本丸目付あたりでは動きにくいことだらけなのである。

やはり、この江戸に蠢《うごめ》く危険な連中を一網打尽にするには、奉行所の連中を使うのがいちばんなのだ。

しかも、この先、遠山がこっちの仕事を奪い取っていくようなことにもなりかねない。雑魚はともかく、もし生きていれば大塩の捕縛は遠山などに持っていかれたくない。北斎や富士講の一味も同様である。

「なんとかして筒井政憲の追い落としを画策いたしましょう」

と、戸田吟斎は言った。

五

——あれ？

日之助が買いものを終えて一ノ橋の近くまで来ると、星川勢七郎が係留しておいた小舟に乗り込もうとしていた。

土手から川っ縁に下りる。

「星川さん、どちらに？」

「うん。ちょっと水練に出ようと思ってな」

「水練？」

「町方の連中を落っことすのはいいが、死なせちゃまずいだろう」

「ああ、それでですか」

日之助はうなずいた。

小林周蔵を逃がすため、こっちの舟を体当たりさせることにした。これはそのために借りた舟で、小林に預けた舟より二回りほど大きい。

「落っこちたのを助けるため、ひさしぶりに泳ぎの稽古をしておこうと思ってさ」

「でも、源蔵さんは泳ぎがうまいんでしょう?」

「溺《おぼ》れたやつはしがみついてきたりするんだ。何人、落っことすことになるかわからねえが、源蔵一人じゃ無理かもしれねえだろ」

「そのときは、わたしも手伝いますよ」

「いや、日之さんは小鈴ちゃんと見ていてくれ。ここはどうしても四人勢ぞろいを避けたいのさ」

「なるほどね」

追っ手が〈小鈴〉のことを知っていたとする。その場合、店の連中が乗る舟に追突されたら、故意にやったことだと疑いの目を向けられるのは必至だろう。たしかにそのときは、小鈴と自分は現場に近づかないほうがいい。

「天気もいいし」

星川は空を見上げた。初夏の青空である。

「じゃあ、気をつけて」

日之助は舟を出す星川を見送った。


増上寺のわきを抜け、金杉橋をくぐると、すぐに海が開けた。

星川はいっきに五町（およそ五百五十メートル）分ほど沖に出た。

櫓を外し、手を水に入れた。案の定、冷たくはない。泳いだあとに寒くなるかもしれないが、この日差しである。水を拭いてしまえば、すぐに温かくなるはずだった。

泳ぐのはひさしぶりである。

「星川さん、泳げるの？」

「当たり前だ。おいら、水辺の生まれだぜ」

「八丁堀育ちなんじゃないの？」

「八丁堀は大川と海のすぐそばだぜ。同心の子はガキのときから夏は水の中で過ごしたものさ」

おこうとの会話を思い出した。話したことも嘘ではない。十四、五のころは、夏の日中など陸にいるより大川や海の中にいることのほうが長かったくらいである。だが、それは子どものころのことで、大人になってからはほとんど泳いでいない。息子に泳ぎを教えて以来だろう。

足から入った。身体ぜんぶに波のうねりがまとわりついてくる。身をよじるようにしながら、水と身体をなじませる。感覚はすぐにもどった。

息を大きく吸って底へ向かう。それほど澄んではいない。底に着くと、足で強く蹴り、いっきに海面へと飛び出す。身体のどのあたりまで出せるかを、友人たちと競ったりしたものだった。

もぐったあとは、海面をすべるように泳ぐ。手足を大きくまわすように、カエルに似た泳ぎをする。

じっさい、若いときのように泳げるか心配だった。だが、一度、身体が覚えたものは、なかなか忘れないものらしかった。

「泳げるのはいいよね」

おこうがそう言ったことがあるのを思い出した。

「どうしてだい？」

と、星川は訊いた。

「なんか、こう、自分の力で波の彼方まで行けそうな気がするじゃない」

「波の彼方ねえ」

そんなこと、思ったこともなかった。江戸の町の隅々を、それこそ重箱の隅をつっつくように歩きまわるだけで、異国なんてものがこの世にあるとさえ思わなかった。

だが、いま思うと、おこうという人には、海の彼方に憧れるような、大きな視野を持った男がふさわしかったのかもしれない。夫もそういう人だったようだし、逃げるのを助けていたのも若い蘭学者たちだった。

――身のほど知らずの恋だったのか。

いま、芝の沖合いに浮かびながら、星川はふとそんなことを思って愕然とした。たぶん、おこうに恋い焦がれていたときは、そんなことは露ほども思わなかった。

思いの強さだけあれば、おこうに恋する資格があるように思っていた。

だが、世の中には身分違いの恋があるように、人としての大きさに違いのある恋もあるのだ。自分がしていたのは、まさにそんな恋だったのか。

波に身を横たえ、星川は動くのをやめた。

強い日差しがじりじりと星川の肌を焼く。

——おこうさんはやはり、いなくなったご亭主をずっと思いつづけていたのかもしれない……。

そう思うと、星川はひどく打ちのめされ、みじめな気持ちになっていった。

豆腐屋に行くのに一本松坂を下りた小鈴は、坂を下りきったあたりでふと足を止めた。

笛師の甚太を見かけたからである。

甚太は家の前に出ていて、若い娘と話をしているところだった。

この五日ほど、甚太は店に来ていない。太鼓職人の治作が、「もうそろそろ仔猫は乳離れしたのでは」と気をもみ、明日はあいつの家に行ってみるなどと話していた。

　甚太の前にいた若い娘は、狆を抱いていた。

「あ、小鈴ちゃん」

　甚太がこっちを見てしまい、声をかけられた。

「見つかったんだよ。狆の飼い主が」

「よかったわね」

　近くには行かず、微笑んでうなずいた。

「二ノ橋近くのそば屋のお千代《ちよ》ちゃんていうんだけど、ずいぶん捜したんだってさ」

　甚太の言葉にうなずきながら、

「大店に奉公している叔母がもらってきたのを、あたしが無理にもらっちゃったんですよ。まだ慣れてなかったからか、川原で遊ばせているうちにいなくなっちゃって」

　と、そば屋のお千代ちゃんは言った。

　想像した内気な箱入り娘よりは、ずっと気さくな娘だった。

「ここらも、だいぶ捜しまわって、二階から聞こえる犬の声にチョロじゃないかと思っていたんだそうだよ」

「あ、チョロっていう名前なんです」

お千代がそう言うと、

「おれ、名前、つけておかなくてよかったよ」

甚太が小鈴のほうではなく、お千代を見て言った。

「ほんと。まぎらわしくなっちゃうわね。でも甚太さん、チョロがいなくなって寂しいでしょ？」

と、お千代は言った。

「そりゃあ寂しいよ」

「ときどきチョロに会いに来て」

「いいのかい？」

「それで、笛を教えてもらえたら」

「お安い御用だよ」

なんだか口を挟みにくい雰囲気になってきている。

「もしかして……」

小鈴は自分の想像が当たっていたかどうか、たしかめようと思ったが、

「なんだい？」

「いや、いいの。じゃあ、またね」

そう言って歩き出してしまった。

ちんねこのことは、変に蒸し返したりしないほうが、あの二人にとってもよさそうに思えたからだった。

第四章　魚の漢字

一

「見張りが替わったって？」

　星川が小林周蔵を見た。

　小林はさっき、いつもの手順で〈小鈴〉の裏口から中に入って来ていた。源蔵の連絡を受け、小鈴と星川、日之助の三人も源蔵とともに小林の来るのを待っていた。予定外の訪問だったので、なにか不測の事態が起きたのかと、いささか緊張して待っていたのだ。

　小林は築地での見聞を伝えたのである。

「鳥居のところの配下じゃねえんですか？」

と、源蔵も訊いた。

本丸目付の鳥居耀蔵。

その名は、一昨年あたりからちらちらと聞いていた。

それが、老中水野忠邦の懐刀《ただくにふところがたな》として表に出てきている。去年、蛮社と呼ばれた蘭学者たちの集まりに目をつけ、厳しい弾圧をおこなったその中心にいたのも、鳥居耀蔵だという評判である。

「それが、北町奉行の遠山金四郎に替わったのです。遠山が直々《じきじき》に出て来て、これは町方の仕事だと。わたしがそれほど大物のわけはないのですが」

と、小林周蔵は苦笑した。

「遠山金四郎が……」

星川は眉《まゆ》をひそめた。

だとすれば、新たな相手である。

もっとも、直接、町方が出て来るのは、予想していたことではあったのだが。

「怖いぜ、あの人は」

と、源蔵が言った。

「ああ、源蔵は会ってるんだよな」

「会ってるというか、見かけたようなものですがね」

一年ほど前、源蔵はこの麻布界隈《かいわい》に出没した小さな娘を手籠《てご》めにする腐ったような野郎を追いかけていた。それが、一足違いで別の男に捕まり、さんざんにぶちのめされた。

ぶちのめしたのが、遠山金四郎だった。

「なんていうか、敵をぶちのめすことに快感を覚えるような人でしょう」

表面を見れば、悪を叩き斬る正義漢と喝采を浴びせる者もいるだろう。だが、その陰にもうすこし嫌なものが隠れている――源蔵はそう感じた。正義はただの表看板かもしれない。本当はぶちのめすことが好きなだけ。正義はその言い訳にすぎなかったりする。

「でも、追っ手はどこでもいいんですよね」

と、小鈴が男たちの顔を見回して言った。

「要は小林さんが、あの人たちの目の前で姿を消して、追跡を諦めさせればいいだけなんですから」

「それはそうです。でも、いちおう伝えておこうと思いまして」

小林は恐縮して言った。

「ありがとうございました。ただ、計画に変わりはないですよね?」

小鈴は星川を見た。この計画の大筋は、星川がつくったのだ。

「ないね。準備が整ったところで決行する。もう、まもなくだよ」

「わかりました。では」

芝にある小林周蔵の潜伏先は、もう長いこと付き合ってきた女のところで、まだ察知されていない。女とは、半年後に京都で再会する約束になっているという。

小林はいつものように、裏口から帰って行った。

見送ってすぐ、

「町方がね」

と、星川が苦笑した。古巣が相手になったわけである。

「星川さん。まずいんじゃないですか?」

日之助が心配そうに言った。

「なにが?」

「ご子息も同心をなさってるんでしょう?」

「奉行所の同心だが、うちは南だ」

「ああ、よかったですね」

「どうかね」

そのうち倅の追跡をかわすようなこともあるかもしれない。

面白いではすまないが、そのときはそのときのことである。

「そんなことより小鈴ちゃんに訊きたいことがあるんだ」

星川は訊こうかどうしようか、迷いながら切り出した。

「なんでしょう?」

「二、三日前に海で泳ぎの稽古をしていてふと思ったんだけどさ……」

また、ためらった。訊いてもしょうがないだろう。もう、おこうは亡くなっているのである。

源蔵や日之助も、怪訝《けげん》そうに星川を見ている。だが、二人にしたって訊きたいことなのではないか。

「星川さん、どうぞ」

小鈴がうながした。

「おこうさんは、やっぱり最後まで戸田さんのことを待っていたのかなと思ったのさ。おいらなんかが思いを寄せたのは迷惑だったのかなって」

星川がそう言うと、源蔵は、

「どうしたんですか、急に？」

と、笑って訊いた。

「いや、海の中で、おこうさんは海を越えて行くような、視野の大きい男が好きだったんだろうなって思ったのさ。そうしたら、やっぱり戸田さんみたいな人が好きだったんだろうなって」

星川がそう言うと、小鈴はちょっとうつむいて、すぐに顔を上げ、

「母はあたしといっしょで、ずっと待っているような女じゃなかったと思います」

きっぱりと言った。

「ほう」

星川の眉が上がり、目にかすかな輝きが現われた。

「それと、あたしは星川さんが視野の狭い人だなんてまったく思いません。源蔵さんも日之さんもそうだけど、ここの人たちはなんて大きくて、素敵な心意気の持ち

主なんだろうって、しょっちゅう思います。それはたぶん、母もいっしょだったはずです」

小鈴がそう言うと、三人の男たちはそれぞれ照れたように頭を掻《か》いたり、そっぽを向いたりした。

「じゃ、ま、そういうことで」

星川がひょうきんな口調でこの場を締めた。


それからふた刻（およそ四時間）ほどして——。

〈小鈴〉はいつものように繁盛している。

今宵、いちばん大きな声をあげているのは、常連であり、ここに魚を届けてくれている魚屋の定八《さだはち》とふくの夫婦だった。

「じゃあ、これはなんと読むかわかるかい？」

定八は、紙に大きく字を書いた。

「魚偏に刀だよね。なんて読むんだろう？」

お九は首をかしげ、

「刀に似ているのはさんまか」

「はずれ」

定八は嬉しそうに言った。

「おいらは知ってるぜ。たちうおだろ」

星川が自慢げに言った。だが、前に出たいくつかは読めなかった。

「当たりです」

「さすが、お侍の星川さま」

お九が小さく手を叩いた。

「じゃあ、これは？」

定八の書く字は決してうまくはない。それでも難しい漢字が書かれると、漬けもの石にきれいな苔《こけ》でも生えたみたいな、妙な風格を漂わせる。

「魚に入っていう字かい？」

常連で、飾りもの職人の留五郎《とめごろう》が訊いた。

「そうさ」

「こんな字がほんとにあるのかい？」

「大ありだよ」

「うーん。魚を獲《と》る人って意味でりょうしって読むんじゃないか？」

「はずれ」

留五郎ががっかりするわきから、

「まさか、にんぎょじゃないよな」

と、心配性の団七が恐る恐る言った。

「おっ、当たり」

「そうなんだ。それにしても、凄いね、定八さん」

団七が褒めると、ふくは定八を指差して、

「こいつは、ふつうの字はろくろく読めないのに、魚の漢字だけは読めるんだよ。不思議だよねえ。そんなに魚が好きなら、魚になればいいのに」

「なんだと、てめえ」

「なんだよ」

夫婦のいつものやりとりに、周囲の客は笑った。

二人連れで来ていた上品そうな武士も、こっちをのぞき込みながら、興味深げにしている。

そこへ、常連のご隠居が顔を出した。

「なんだか、ずいぶん楽しそうじゃないか」

「定八さんが魚の漢字のなぞなぞを始めたんですよ」

と、小鈴がご隠居を席に案内しながら言った。

「そりゃあ面白そうだ。わたしも漢字にはちとうるさいぞ。どれどれ」

いままで定八が書いていた漢字をざっと眺め、

「まぐろ、かれい、いわし、ぶり、このしろ、すずき、それから、たちうおに、にんぎょだ」

「おおっ」

定八は驚き、

「凄い。ぜんぶ読めた」

小鈴も感心した。

「わたしは若いときから漢書を読むのが好きだったからね」

そう言ったご隠居に、

「いったい、魚の漢字ってどれくらいあるんですか？」

と、団七が訊いた。

「そりゃあ膨大な数があるさ。そもそも魚というのは、わが国でも場所が違うと呼び名も違ったりするように、唐土《もろこし》でも場所によって違う。しかも、同じ漢字でも呼び名が違ったりする。加えて、わが国であとからできた漢字もあるしな」

「そんなのがあるんですか？」

「この鰯《いわし》なんかもそうだよ」

「へえ」

「そういうのも合わせていくと、千に近いかもしれないな」

「そうです、ご隠居。それくらい、あります」

と、定八はうなずいた。

「まさか定八さん、ぜんぶ知ってるなんてことはないだろうね？」

「いや、それは無理でさあ。じゃあ、ご隠居、これはどうです？」

定八は取っておきのやつだというふうに自慢げに見せた。

鮫、鮹

「え、父と母？　ほんとの漢字？」

お九が目を近づけた。

「嘘は書かないよ。難問だろ。ご隠居さんはわかりますかねえ」

「ふっふっふ。定八さん。歳の功を舐めてはいけないよ」

「おや」

「まず、母のほうだが、これは、いかと読むんだよな」

「え？　いかは、烏《からす》の賊と書くんじゃないんですか？」

と、小鈴が言った。

「それもいかだが、いろいろあるんだよ。それで、父のほうだが、なんとだぼはぜと読むんだよな」

「凄い。ご隠居さん。おいらもずいぶんいろんな人に訊いたけど、これを一発で読めたのはご隠居さんが初めてですよ」

定八は悔しそうである。

「おや、そうだったかい。でも、定八さん。こういう父だの母だのといった特徴のあるやつは、意外に覚えやすいんだよ」

「なるほど。じゃあ、これなんざどうです?」

鰔

「あ、こういうのは難しいんだ。なんだったっけなあ」

ご隠居は腕組みして考え込んだ。

ほかの連中はまったくお手上げといった顔である。

「降参ですか、ご隠居さん?」

「うん。これには、降参だな」

「かわはぎ。かれいと読まれることもあるそうですがね」

「あ、そうだ。かわはぎだ。魚偏に皮と書くのもあるが、こっちもかわはぎなんだよな。いや、定八さんたいしたもんだ。見直したね」

「いや、なに。おいらの商売ですからね」

定八が自慢げにしていると、ふくも嬉しそうに、

「こんな馬鹿でも、一生懸命、漢字を覚えたんだからね」

と、定八の頭をぱしんと叩いた。

二

三、四日してからである。
まだ店を開ける前の準備中に、〈小鈴〉を訪れた五十前後の武士が、

「わしは坂上の松崎家《まつざきけ》で用人をしている片山廉之介《かたやまれんのすけ》と申す者だがな」

と、名乗った。

店には来たことのない人である。

「はい」

小鈴が話を聞くので玄関口に行った。

「ちょっと訊きたいが、出前の注文は受けるのかな？」

「ふつうはやっておりませんが、どのようなものでしょう？」

「うむ。じつは、この明後日の夜に当家で二十人ほど集まる宴会を催すことになっていてな、ここの酒の肴がたいそううまいというので、届けてもらえないかと思ったのじゃ」

「二十人分。それは運ぶのが大変そうですね。うちにはそれほど人手がなくて」

「いや、運ぶのは当家の女中や中間《ちゅうげん》たちがやる。こちらではつくってくれさえすればよいのじゃ」

用人の片山は、そんなことを大きな声で言った。

こんな注文は初めてである。

それに、まずいことがある。

「そこにお掛けいただいて、ちょっとお待ちいただけますか」

と、小鈴は奥に行った。

源蔵はいないが、星川と日之助が話を聞いていた。

「明後日といえば、例の」

と、小鈴は小声で言った。

「ああ、あの日だな」

星川がうなずいた。

小林周蔵を逃がす予定にしてあった。

「でも、宴会は夜だろ。あっちは朝のうちに終わりますよね」

と、日之助が言った。

「うむ。終わらなければ失敗だ」

「じゃあ、受けましょうよ。材料さえ揃えておけば、昼ごろからかかれば大丈夫ですよ」

「そうだな。むしろ、表の稼業をしっかりやっておいたほうが、万が一、調べられたりしたときもいいかもしれねえし」

星川もうなずいた。

小鈴は出入り口のほうにもどった。

武士は座らずに待っていた。

「どうじゃ？」

「ええ、お引き受けしたいと思いますが、うちの肴がうまいというのはどなたに？」

「うむ。当家の家来がときどき来ているらしく、そう申しておった」

「そうでしたか」

武士の客も多くはないが来ている。二、三人で来て、わりと静かに飲んで帰る人たちが多い。そんななかにいたのだろう。

「それで献立なのだがな」

「はい」

「すべて海のものを料理してもらいたいが、好き嫌いがある者もいたりして、細かい注文がある。それは、明日の朝のうちに伝えたいのだが、それでどうじゃ？」

と、用人は訊いた。

小鈴が振り向くと、日之助が大丈夫だとうなずいた。たしかに前の日なら、定八が魚河岸《うおがし》などを駆けまわり、なんとかしてくれるだろう。

「二十人でざっくばらんな宴会だから、大皿にまとめてくれて、そうだな七品ほどあればよいか。皿もすべてこちらで用意しよう。それで、代金だが、十両で頼みたいのだが、どうじゃ？」

「まあ、そんなに」

一流の料亭になど行ったことはないが、下手したらそれ以上の代金なのではないか。まさか、ほかのことも要求されるのではないか。

「あのう」

「なんじゃな」

「お酌しに行ったりはできませんが」

小鈴がそう言うと、

「あっはっは。そんなことはせんでもよい。料理だけの代金だ」

と、用人は笑った。

「そんなにうちの料理を気に入っていただけたので？」

「うむ。殿がぜひにと言っておる。とりあえず、前金で三両、置いて行く」

と、用人は三両を小鈴に渡した。

「当日はわしも食べる。では、楽しみにしておるぞ」

用人はそう言って、帰って行った。

その夜——。

日之助は、芝の三島町で手習いの師匠をしている女の家を訪ねた。そこが小林周蔵の潜伏先だった。

「小林さん。明後日の朝、やりますぜ」

「明後日ですか」

一瞬、顔が強張った。

「舟の稽古は充分ですよね」

と、日之助は訊いた。

こちらで用意した舟はすでに預けてあり、逃げるときの稽古をしてもらっている。小林は一時、釣りに凝ったことがあり、舟を漕ぐのはもともと得意だというので、この方法を選んだのである。

「ああ、船頭と張り合っても負けないくらいですよ」

「だが、あまり追っ手を離さずに漕いでくださいよ」

「ええ」

「それで、源蔵さんが先頭に乗った釣り舟のわきをすり抜けるように」

「そこがちと難しそうだが、今日も稽古をしておきます」

「小林さんが抜けていったら、わたしたちは追っ手に舟をぶつけると」

「ああ。それで、いったん逃げ切ったわたしの舟は、品川沖で転覆ということになるという手はずですね」

「その通りです」

小林は品川の先で舟を降り、その舟を自分でひっくり返しておくのだ。船底の荷物に小林の身元がわかるものを残しておき、乗っていた小林は溺れ死んだことになるというわけである。

「それから、これが小林さんの通行手形です」

と、日之助は手形を渡した。

これは御師《おし》の半次郎《はんじろう》に頼んでつくってもらったものである。富士講をまとめる半次郎は、こうしたこともお手のものである。

半次郎は、捲土重来を勧める逃がし屋みたいなことをしたいという小鈴の決意を聞くと、資金も含め、全面的な協力を申し出ていた。半次郎は富士講の莫大な積立金を預かり、それを運用し、利益を出しているのだ。

小鈴が恐縮すると、「小鈴さんの逃がし屋にいつかお世話になるかもしれないからだよ」と、答えていた。

「では、日之助さん」

小林周蔵は姿勢を正した。

「はい」

「小鈴さんたちにくれぐれもよろしくとお伝えください」

そう言って、深々と頭を下げた。

後ろでこの家の女も、畳に三つ指をついてお辞儀した。

小林周蔵はそのまま上方に旅立つことになるのだ。

「よく伝えます」

「小鈴さんはあの若さでこんな大胆なことをしてくれるなんて、やっぱり戸田吟斎さんとおこうさんの血なのでしょうか？」

小林周蔵は感激した面持ちでそう言った。

「どうなのでしょうね」

日之助は苦笑して首をかしげた。それに血がうんぬんという話は、小鈴はあまり好まないかもしれないと思った。

三

翌日の昼前になって、松崎家から使いの者が来た。

用人の片山ではなく、中間ふたりが片山の文を届けがてら、大皿十枚を届けてきたのだ。皿は伊万里の立派なものである。

「拝見します」

と言って、その文を開いた小鈴は、目を瞠り、首をかしげた。

「どうした、小鈴ちゃん？」

これを待って、早めに来ていた日之助が訊いた。

「読めないいんですよ」

小鈴は日之助にそう言って、

「このへんの字はなんと読むのですか？」

と、歳のいったほうの中間に訊いた。

「さあ、あたしにはさっぱり」

中間は困った顔で答えた。もうひとりの若いほうは知らんぷりである。

「用人の片山さまに訊いて来てくださいよ。これではつくれませんと」

小鈴は可愛く手を合わせた。

「片山さまは用事があって、明日の夕方までおもどりにはならないそうです。また、この注文についての問い合わせは受け付けないので、よろしくやってくれと、そういうお話でした。では、あたしたちはこれで」

中間はそう言うと、もうひとりとともに、さっさと帰ってしまった。どうもこういうやりとりになるのは予想して、返事も決めてあったみたいである。

小鈴はわけがわからず中間たちを見送った。

「え、日之さん、なあに、これ？」

「注文は七品みたいだが、どれもわからないねえ」

二人はこれをじいっと眺めた。

一、[redacted]の刺身を脂の多いところもいっしょに

一、鮭の白焼き

一、鯇の天ぷら
一、鯭と大根の煮つけ
一、魟の梅干し煮
一、鱻を小鈴流のさっぱりした食べ方で
一、そうめんを魚の濃い出汁《だし》で

「やっぱりわからないよ」

「あたしも駄目だ」

二人が弱っていると、途中で行き合ったらしく、星川と源蔵がいっしょにやって来た。

「来たかい、注文は？」

「星川さん。これなんですよ」

と、広げてある紙を指差した。

「え？」

「なんだよ、こりゃ」

ふたりもしばらく声がない。

「あ、おいらは、漢字が駄目なんだ。たちうおは、まぐれで読めただけだ。源蔵は瓦版を書いていたくれえだもの、読めるだろう？」

「なに、言ってるんですか、星川さん。瓦版は老若男女が皆、読むものですぜ。難しい漢字なんか使っていたら売れなくなっちまいますよ。あっしらは、面倒なやつはすべて仮名書きにしてましたから」

星川も源蔵もお手上げらしい。

日之助がすぐに定八とご隠居を呼んできた。

「どれどれ。まったく、漢字も読めないで注文を受けるかね。これかい」

調子のいいことを言って、紙をのぞき込んだ定八は、

「え、なに、これ？」

と、絶句した。

ご隠居も同じである。とりあえず字引きのようなものを持って来ていて、しきりにそれをめくるが、どれも書いていないらしい。

「これは、適当につくった漢字かもしれないね」

「漢字なんか適当につくっていいんですかい？　そういうのは捕まえてもらいてえや」

　と、定八が文句を言った。

「だが、もともと魚偏の漢字は、そういうものだらけだしねえ。これはどのあたりの文献を当たればいいのか」

　ご隠居が困った顔で言った。

「嫌がらせなのかしら？」

　小鈴が眉をひそめて言った。この店は、人知れず恨まれているのかもしれない。ぼったくりのようなことは一度もしていないが、ほかの客に迷惑をかけた客は何人か追い返したことがある。

「いやあ、嫌がらせで三両は置いていかねえよ」

　と、星川が言った。

「あるいは新種の詐欺だ。約束した料理をつくってこなかったので、たいそう迷惑した。罰として二十両払えとかそんな話になるのかもしれねえぜ」

　源蔵が苦笑いしながら言った。

むろんほんとに詐欺ならたちまちお縄にするだろう。

「小鈴ちゃん。どこのお屋敷なんだい？」

と、定八が訊いた。

「上の松崎さまというお旗本」

前を通ったこともあるが、門構えの立派さからも大身《たいしん》だというのはわかる。

「あ、松崎さまは評判がいいぜ」

「そうなの？」

「うちでも魚を買ってくれていて、そんな詐欺なんかなさる家じゃねえ。なんでも、お殿さまは釣りが道楽で、魚のことは滅法詳しいと聞いたがねえ」

「そうなんだ。じゃあ、やっぱりこの注文はなんとかしなくちゃね」

と、小鈴は言った。

「まずは調べてみるけど、大変そうだなあ。河岸には物知りもいるが、さて、いくつくらいわかるかねえ」

定八はこれを書き写しはじめた。

「うん。わたしも家の書物を見ながら調べてくるよ」

「じゃあ、わかったやつで日もちのするものは今日のうちに持って来ちまうぜ」

ご隠居と定八は、もう一度、店を開けたころに来てくれることになった。


夕方、店を開けた。

今宵いちばんの客は、お九と瑞川和尚だった。それからまもなく、この前も来ていた武士のふたり連れが入り、席が埋まりかけたころ、定八とご隠居がやって来た。

定八は手ぶらのままで、

「駄目だねえ。魚河岸あたりのなじみに訊いたけど、皆、こんな漢字はわからねえと逃げ出しちまったよ。ほんとに魚なのかねえ」

と、申し訳なさそうな顔をした。

ご隠居も何冊か難しそうな本を持っていて、

「わたしもまるでわからない。ほんとに弱ったね」

と、腕組みした。

このようすに、お九や瑞川も興味を示し、その漢字をのぞき込んだ。お九はともかく、瑞川は僧侶で漢字にはくわしいはずである。

だが、その瑞川も、

「こりゃあ、駄目だ。さっぱりわからん」

と、頭を抱えた。

「え、和尚さんも駄目なの。どうしたらいいんだろう」

小鈴も不安になってきた。

やっぱり、こんな注文は受けるべきではなかったのだ。

すると、そこに、入口の戸が開けられ、背が高く、どっしりとした武士が姿を見せた。

「林《はやし》さん！」

お九が最初に声をあげた。

「お久しぶりですね」

小鈴も言った。

女ふたりの嬉しげな声に迎えられ、林洋三郎《ようさぶろう》は照れた顔で奥のほうに来た。

「一年ぶりくらいじゃないですか、林さん。どうしているんだろうって、よく、皆で話していたんですよ」

お九がまとわりつくように言った。

「うむ。この一年ほど、どうも体調が思わしくなくてな」

「まあ。でも、お顔の色艶《いろつや》もいいし、瘦せてもいませんよ」

「そうだな。だいぶ回復したみたいなので、こうして出てきたのさ」

と、林は最初の一杯をうまそうに飲んだ。

「そうだ。林さんだったらわかるかもよ」

と、お九が言った。お九は林のことをひどく買っているのだ。

「なにがだい？」

「近くのお屋敷から注文が来たのですが、誰もそれが読めないんですよ」

と、小鈴がその文を林の前に広げた。

「なんだな、これは？」

「見たこともないような漢字でしょ」

「そうだな」

林はじいっと見ていたが、

「この、魚が三つ重なったやつは、下に一がなければ本当にあるんだがな」

と、六つめの品を指差した。

「こんな漢字ありましたっけ？」

ご隠居も知らないらしい。

「唐土の漢字で読みはわからぬが、新鮮な魚を意味する漢字だ」

「へえ」

「もともと魚という漢字は、魚という字を二つ並べた字だったのだ。それを簡略にして一つにしたのさ」

「林さんは凄いや」

「たいしたものですな」

定八とご隠居も舌を巻いた。

「この最後の漢字だがな」

と、林は指をずらし、

「にんべんに魚って、もしかしてカツオ節のことじゃないのか。ほら、日本橋にカツオ節で有名な〈にんべん〉という店があるではないか」

林がそう言うと、周りの者がいっせいに、

「あ、そうだ」

「にんべんだ」

「そうだよ。カツオ節で出汁を取ればいいのさ」

などと喚《わめ》くように言った。

「これ、ほんとの漢字じゃなく、頓知《とんち》なんだよ」

「そうだ。頓知で解かなきゃわからないんだな」

皆がいっせいに紙をのぞき込んだ。

「この魚偏のわきがまっくろになったやつは、真っ黒、つまりまぐろってことだね」

と、小鈴が言った。

「それだ。刺身を脂の多いところと書いてある。江戸っ子は、脂の多いのを嫌って赤身のところしか食べないが、じつはこっちのほうがうまいくらいなんだ。松崎さまはさすがに魚のことがわかってるぜ」

定八が嬉しそうに言った。

「この魚偏に盃ってやつだけど、いかは一匹、二匹じゃなく、一杯、二杯って数えなかったっけ？」

と、お九が言った。

「数える。盃も杯もいっしょだ」

定八が言った。

「ということは？」

「いかだ！」

数人がいっしょに、歓声でも上げるみたいに言った。

店全体が盛り上がっている。まるで相撲《すもう》見物でもしているみたいに。

店の入口近くにいた武士のふたり連れも、興味深そうにこっちを見ている。

「この二番目のやつだがな、このつくりのところは、土と丑《うし》という字ではないか？」

と、ご隠居が指を差した。

「土と丑。土用の丑だ。うなぎだ」

「やったぞ」

定八とご隠居が抱き合った。

「ちょっと、待て」

林洋三郎も興奮した声を上げ、

「わかったぞ。これは、かまぼこだ！」

六つ目の文字を指差した。

「あ、下のは、板なんですね」

小鈴がぽんと手を打った。小鈴流のさっぱりした食べ方。かまぼこときゅうりを交互に挟んで出したりする。さっぱりしておいしいと好評である。それのことだろう。

「凄い、林さん。これがいちばん難しそうだったのに」

お九が林の袖《そで》をつかんで、ぴょんぴょん跳ねた。

「これで五つわかったな。うん、どれも明日いちばんには持って来られるぜ」

定八が嬉しそうに言った。

例の仕事は、朝の五つ半くらい（九時ごろ）から動き出す。その前に届けてもらえれば充分、間に合うのだ。

「さあ、あと二つだけだね」

小鈴が三番目と、五番目の字を示した。

三番目は天ぷら、五番目は梅干し煮。どの魚でもできるから、料理法から当て推量するのは難しい。

「魚偏に足ってなんだろうね」

お九が首をかしげた。

「そういえば、足のある魚がいたな」

と、林が言った。

「そりゃ化け物でしょう、林さん」

ご隠居が笑った。

「いや、山椒魚《さんしょううお》には足があるぞ」

林が手を叩いた。

「山椒魚。そりゃあ、うんと山奥の川などに棲《す》む魚じゃないですか。そんなものを獲って来いと言われても、何日かかるかわかりませんよ」

定八が呻《うめ》くように言った。

「それじゃ違うんですよ。この注文は頓知を働かせなくちゃならないけど、持って来られないようなものを要求はしていないもの」

と、小鈴は言った。

「こっちも難しいねえ。一とオと二にも見えるが、なんのことかわからないなあ」

ご隠居も首をかしげた。

この二つには林洋三郎もなにも浮かばないらしい。

そろそろ夜も更けてきた。

今宵は早めに店仕舞いするつもりである。

「うん、でも、あと二つだよ。よし、ぜったいに解いてやる」

小鈴はこぶしをぎゅっと握った。

あたしは、こういうことは得意なんだから。

四

翌日——。
小林周蔵が築地南小田原町にあるその塾に姿を見せたとき、五人ほどいた塾生は幽霊でも見たような顔をした。

「小林」

「生きていたのか」

「心配したぞ……」

涙ぐむ者もいた。

小林は一瞬、ここから無人島の計画が洩れ、仲間が捕縛されたと疑ったのは、間違いだったかと思ったほどだった。

「入れ、入れ」

塾生の中で小林と医学の知識を競い合った大杉辰兵衛《おおすぎたつべえ》が言った。

「いや、ここでよい」

と、小林は入口に立ったままで言った。町方が姿を見せたら、すぐにも踵《きびす》を返して逃げ出さなければならない。

「わたしは、これから小笠原の無人島に渡るつもりだ」

「なんと」

大杉は目を見開き、わきにいた若い塾生たちに、

「おい、誰か小林に団子でも買って来てやれ」

と、声をかけた。

「はい。わたしが」

若い塾生が慌てて駆け出した。

間違いなく、近所の番屋に報せに走るのだ。

「いいよ、団子など。挨拶に来ただけだ」

「まあ、団子くらいは持って行け。せめてもの餞別《せんべつ》だ」

「すまないな」

小林が礼を言うと、大杉は照れたような顔をして、

「無人島にはどうやって渡るんだ?」

と、訊いた。

「そこに小舟をつけた」

と、小林は目の前の堀を指差した。

猪牙舟よりも小さな舟が係留してある。

「あんな小舟で?」

「小舟だろうがなんだろうが、熱意があれば辿《たど》りつけるはずだ」

それから小林は小笠原島について知っていることをすこし話した。

そこは気候にも恵まれた、この世の楽園のようなところであるはずだった。

ふいに大きな声がした。

「御用だ、御用だ」

三人の男たちが駆けて来た。

「くそっ」

小林周蔵は急いで目の前の舟に飛び移った。

舟を出そうというとき、振り向いて言った。

「やっぱり、きさまが報せていたのか」

「悪いな。学問の発展のためだ」

と、大杉辰兵衛はむっとした顔で言った。

「なにが、学問のためだ。長英先生にも同じことを言えるのか」

「ううっ」

綱を解いて、漕ぎ出した。

「待て、待て」

十手を持った男が怒鳴った。

小林は焦《あせ》って舟を岸にぶつけるようなふりをし、三人が舟で追って来るのを待った。近くにつないであった漁師の舟に飛び乗って漕ぎはじめるまで、あんまり遅くて苛々《いらいら》したほどだった。

「さあ、来いよ」

小林周蔵は巧みに舟を操り、本願寺橋の下をくぐると、築地川から海へと向かった。


この日もいい天気だった。

江戸湾は波もなく、快晴の空を映して青く輝いていた。

小鈴は日之助の漕ぐ小舟に乗って、海の中を見ながら、小林周蔵の舟が来るのを待っていた。

星川と源蔵が乗った舟は、二十間（およそ三十六メートル）ほど離れたあたりにいた。

なにか計画と違うことが起きたとき、小鈴は無関係だったことにしたいと、衝突する舟には乗せてもらえなかった。

「遅いね、小林さんの舟」

小鈴は日之助に言った。

「いや、こういうときは遅く感じるだけだよ。緊張すると、胸の鼓動が速くなる。その分、世間の時の流れはゆっくりに感じるのさ」

日之助はそんなことを言った。

ふだんのんびりしているように見える日之助に、胸の鼓動が速くなるときなどあるのだろうか。ちょっと奇妙な気がした。

海は岸からそう離れてはいないのに、やはり深そうだった。

小鈴は海に手を入れ、海面を手でまさぐるようにした。一瞬、魚影が見えたのは気のせいだったろうか。

懐から紙を取り出した。あの二つの漢字が書いてある。

まだ解けていなかった。

字を見つめていると、また影が動いた。やっぱり、魚影である。しかも、青っぽかった。

――青い魚というと、さばかしら、それともあじ？

そう思って、もう一度、字を見た。

――あれ？

そのときだった。

「来たぜ、小鈴ちゃん」

日之助が、低いが緊張した声で言った。

「ほんとだ」

お浜御殿のほうから見覚えのある小舟が近づいて来ていた。その後ろから三人ほど乗った舟が追いかけている。

「逃げたって無駄だぞ」

「手間かけるだけ罪は重くなるんだぜ」

などと喚いている。

小林周蔵は前も見ずに必死で櫓を漕いでいる。

こっちにいた釣り舟がよろよろと前に出ていた。釣り舟を装った星川と源蔵が乗った舟である。

「危ねえな。ぶつかるぞ」

頬《ほお》かむりをしている源蔵が大声を上げた。

「避《よ》けろ！」

小林周蔵はこの釣り舟の横をすり抜けなければならないのだ。

だが、小林の舟は角度が変わらない。ほとんど真っ直ぐ、星川の舟の横をめがけて突進してきた。

「ああっ」

小鈴は声を上げた。

星川も慌てて避けようとしたようだったが、
どーん。

という激しい音とともにぶつかった。

同時に小林周蔵の身体が、ぽーんと海に放り出された。

あっぷあっぷしていたが、泳げないらしく、海に沈んでいった。

追いついた追っ手たちはやって来て、

「おい、誰か助けろよ」

「おれは泳げねえんだ」

「浮かんでくるだろう」

誰も飛び込んでまで助けようという気にはならないらしい。

「駄目だ。浮いてこねえよ」

「ここらは、底のほうの流れは速いと聞いたことがあるぜ」

「馬鹿野郎が。さんざん追っかけさせて、最後は溺死《できし》かよ」

と、呆《あき》れた声をあげた。

「あっしらはなにも悪くありませんぜ」

源蔵は喚くように言った。

「わかってるよ。おめえらのせいじゃねえ」

「面倒ごとは勘弁してくださいよ」

「ああ、みんな、この野郎が悪いんだ。このまま逃げちまいな」

追っ手の一人が海底をのぞき込みながら言った。

「では、失礼します」

源蔵の舟は遠ざかった。

「日之さん、あたしたちも」

「でも、小林さんが」

と、海の底を指差した。

「やっぱり死なせるわけにはいかないよ」

日之助は着物を脱ぎはじめた。

「どうするの、日之さん」

「ここらはそれほど深くないはずだ。もぐって見て来るよ」

「あの人たちが捜してるよ」

「あいつらに本気で助けようなんて気があるもんか」

「気持ちはわかるけど、やっぱり駄目、日之さん」

と、小鈴は日之助のたもとを摑んだ。

「なんで？」

「あたしたちは、これからも大勢を助けなくちゃならない。いま、あたしたちが変に出しゃばって顔を覚えられたりするのはまずいよ」

「なんてこった」

日之助は頭を抱えた。

「今日の料理はどれも素晴らしくうまかったぞ」

注文主が礼に来てくれたのは、最後の客のお九が席を立とうとしたときだった。

「当主の松崎十左衛門《じゅうざえもん》だ」

と名乗ったのは、なんとこの数日、ふたり連れで来ていたほうの片割れだった。

「まあ、お客さまは」

小鈴は目を瞠って言った。

「うむ。そなたたちが漢字のことで話しているのを聞くうち、悪戯心が湧いてしまったのじゃ。許せよ」

「とんでもない。こちらも楽しい思いをさせていただきましたよ」

小鈴は頭を下げた。

本当にそうだったのである。しかも、店の雰囲気もあんなに盛り上がって、この何カ月かでいちばん楽しい夜だった。

「よく解けたものよのう」

「はい。最後の二つは突然、思いついたんですよ。よく見たら、足がついた漢字だけ、魚偏がおかしいじゃありませんか。点々が二つ足りない。もし、あしに点々が二つついたら……あじだってね」

「うむ、そうじゃな」

「一オ二には呆れました。一を二に言ったりするのはさばを読んだってことですよね。なんだ、さばだったかと、これも笑ってしまいました」

「あっはっは。くだらないと思われたかもしれぬが、宴会は釣り好きの集まりでな。その席で同じ問いを出したが、誰も解けなかった」

「まあ」

「大身の旗本だけでなく、大名まで揃っていたのだぞ。それで、これを解いた若女将の話をしたら、皆、大いに興味を持ってな。そのうち、小鈴ちゃんに会いたいと、うん十万石のお大名がやって来るかもしれぬので、そのときはよろしくな」

「でも、解いたのはあたしだけじゃありませんよ」

「それはよいのじゃ。客の手柄も女将の手柄だから」

「まあ、それは大変」

小鈴は冗談ぽく笑いながら、着物の埃《ほこり》を落とすようなしぐさをしてみせた。

「ところで、あのときひとり、大柄の武士がいたであろう」

「はい」

「あのお人は？」

「林洋三郎さまとおっしゃって、ここが深川でやっていたときからの古いお客さまなんですよ」

「林洋三郎？　そうか。そんな名前は知らないな」

「ご存じなのですか？」

「うむ。お城で会ったような気がするのだが、思い出せないのだ」

「無役の貧乏旗本だとおっしゃってましたよ」

「いやあ、いまどき無役の貧乏旗本は、本当に一目でわかるほど、貧乏そうなのさ。あの男は違うな」

松崎十左衛門はそう言って首をかしげた。

たしかに、林洋三郎という人には、どこか得体の知れないところがあるような気がしている。

第五章　心を風に

一

まだかすかに夕陽《ゆうひ》のかけらが残っているころ――。

お九とちあきが近ごろではめずらしくいっしょに入って来て、

「ねえ、いま、そこですれ違った人なんだけど……」

お九のほうが言った。

「上を向いて歩いていた？」

と、小鈴は訊いた。

「そう。小鈴ちゃんも見た？」

「うん。提灯に火を入れたとき、上っていくところだった。あの人、上まで行って
また下りて来るんだよ」

この数日、毎日、見かけるのだ。昨日はもっと遅くなってから、振り返るように上を見ながら坂を下りてきた。

「でも、あの人、この前まではうつむいて歩いてなかった？」

と、お九が訊いた。

「そう。うつむいて歩いてた」

「それが、今度は上を向いて歩く。なにがあったんだろう？」

お九とちあきはそう言いながら、いつもの店の奥のほうの縁台に腰を下ろした。するとすぐ、甚太と治作が入って来た。治作は甚太からもらった仔猫をカゴに入れて連れてきている。可愛くてたまらないらしい。

「あんたたち、上を向いて歩いている人を見たでしょ？」

と、お九が訊いた。

「ああ、下ですれ違ったやつか。あいつ、このあいだはずっと下向いて歩いていたんだぜ」

甚太が答えると、

「あ、おれも見た」

と、治作もうなずいた。

皆に見られているというか、挙動がおかしいから一度見かけただけでも覚えられてしまうのだろう。

「おれ、あいつ、見たことあるぜ」

と、甚太が言った。

「あるよね」

ちあきもそう言った。

「そこらの店の手代をしてるんじゃないかな」

「そうかも」

「でも、うちの湯には来ないよ」

と、お九が言った。

ということは、住まいはちょっと離れているのか。だが、ここの坂下の周辺だけでも湯屋は五つほどあるのだ。

「なんだろうね。この前までうつむいて歩いていたのが、今度は上を向いて歩いているって?」

と、小鈴が皆に問うように言った。

「うつむいていたのは、顔を見られたくないからだろうよ」

と、治作がカゴの中の仔猫を撫《な》でながら言った。

「顔を見られたくないということは？」

「お尋ね者なんだよ」

「でも、悪い人ではなさそうだったよね」

小鈴がそう言うと、お九とちあきがうなずいた。

「だから、あらぬ疑いをかけられていたのが、下手人《げしゅにん》が見つかって疑いが晴れたってわけさ」

「そんな話、源蔵さんはなにも言ってなかったけどね」

源蔵がここでなんでも話すわけではないが、疑われていた人のほかに本当の下手人が見つかったなんて話ならしているはずである。

「じゃあ、こうだ。ずっと落ち込んでいたのが、いいことがあったんだよ。それでいまは嬉しくて、空を仰ぎながら歩いているのさ」

治作が言うと、甚太もこれにはうなずいて、

「そうそう。たぶん、片想いだったんだよ。つらいよな、あれは。小鈴ちゃんみたいにもてる女は、そういう経験はないだろうけど」

と、言った。

「そんなこと、ないよ」

小鈴は首を横に振った。

憧れていたのにまるで相手にされなかった人もいれば、付き合っていたのに浮気され、責めたら逃げられたこともある。平手造酒《ひらてみき》だって、もしかしたらふられたのはこっちなのかもしれない。

「それでずっと好きだった人がやっと振り向いてくれたんだよ。そりゃあ、毎日、空を仰ぎたくなるよ」

甚太が嬉しそうに言った。治作のないしょの報せによると、甚太のところにいた狆の飼い主であるお千代ちゃんとは、このところしょっちゅう会っているらしい。

「空を仰ぎたくなる気持ちはわかるよ。でも、ほんとに空を仰ぎながら歩くかなあ」

と、小鈴は言った。

「そう。それに、あの顔は恋が叶《かな》って嬉しいという顔じゃなかったよ」

ちあきが言った。

「え、そうなの？」

じつを言うと、小鈴は表情まではっきり見ていない。

「なんか、変だなあって顔だった気がする」

「あたしはさ、なんか探してるみたいに見えたけどね」

と、お九が言った。

「探してる？　空を見て？　星だって見えてないのに？」

小鈴にもまったくわからない。

「それじゃあ、恋が叶ったわけではないか」

甚太は自説を引っ込めた。

「やっぱり、うつむいて歩くってのは、おれもよくやるけど、銭でも落ちてないかなあと思いながら歩くときだよ。銭がなくてさ」

と、治作が言った。治作は甚太ほど注文は多くなく、親方からずいぶん下請けの仕事を回してもらっているらしい。

「そうやって歩いていて、お金を見つけるときってあるの？」

と、小鈴は訊いた。

「ないな」

「ないでしょ。だから、やらないよ、そんなことは。それに、そんなに困っている人には見えなかったよ。裕福そうな身なりをしてたもの」

「小鈴ちゃん。今度、会ったら訊いてみなよ。当人に」

と、甚太は言った。

「それは訊きにくいよ。お客さんなら訊きやすいけど、ここには来たことないしね」

「そうか」

「星川さん、訊いてみてくださいよ」

小鈴が黙って店の隅にいた星川に言った。

「どうして上を見ながら歩くのかってか？　やだよ」

「どうしてですか？」

「おいらだって、しょっちゅう上を見てるからだよ」

それは嘘ではない。

――たぶん、星川さんの心の中では、母さんは上のほうにいるのだ。

二

それから三日ほどして――。

小鈴は前の道を掃いていて、おかしなものを見つけた。

紙を折ったもの。前日の雨に打たれたらしく、かたちはだらしなく萎《しお》れたようになっていた。

折り紙細工だろう。

紙は色紙ではなく、本をばらしたものだった。文字の一部を読んだ限りでは、手習いで使うような真面目な本らしい。

なんのかたちなのかよくわからない。

鳥かもしれない。羽を広げているところ。

どんなふうに折ったのだろう？　ゆっくり開いてみた。

鶴よりは簡単そうだが、よくわからない折り方だった。開き切ると、ただの細長い紙である。

元にもどそうとしたが、

――あれ？

忘れてしまった。

だいたいが、折り紙というのはそういうものなのだ。折った場所はわかっていても、順番が違うとまるでわからなくなる。

小鈴は女の子がよくやるこの遊びが、昔からあまり得意ではなかった。

――もしかして、これを探していたんじゃないかしら。

そう思いながら、掃除をつづけた。

後ろから誰かがぶつかってきた。

「あ、失礼」

男は詫《わ》びた。

あの男である。このあいだまで、いつもうつむいて歩き、いまは上ばかり見ている男。

あらためて見ると、三十代も半ばくらいか。仕立て下ろしらしい縞《しま》の着物を着て、生真面目そうな顔をしている。

「どうしていつも、上を向いて歩いておられるのですか？」

ぶつかってすこし痛かったのだ。それくらい訊いてもいいだろう。

「うむ。ちょっと」

あまり言いたくないらしい。

「このあいだまでは、いつも下を向いて歩かれてたでしょう？」

「あ、そうだったね」

「それって、もしかしてこれをお探しだったんじゃないですよね」

と、小鈴は紙を見せた。

「また、あったのか？」

「また？」

「いや、いいんだ」

「あなたのものでしたらお返ししますよ」

と、手を差し出した。

「いや、あたしのものというわけではない」

男は照れたような顔でそう言うと、急いで坂を下りて行った。

「そういえば、遠山がそなたと見張りを替わったらしい、無人島への渡航を企てた蘭学者のなんとやらのことだがな」

と、老中水野忠邦はそう言って、報告書から顔を上げた。

ほっそりとした公家《くげ》のような顔立ちである。自分でもそれが嫌なのか、鼻下と顎に髭《ひげ》を伸ばしている。

お城にあって髭を伸ばしている者はいない。将軍に謁見するさい、遠慮がある。だから、誰もしない。

だが、いまや権力の頂点にいる水野を咎《とが》めることができる者はいない。

水野忠邦は若いときからまつりごとが大好きだった。

国許《くにもと》の小さなまつりごとではない。天下の舵《かじ》を取りたいのだ。

とはいえ、大きくこの国の行く末を変えていこうなどという気はない。秩序を守り、小さく、おとなしく生きていくのが民というものだと思っている。それに逆らう連中は罰しなければならない。

鳥居耀蔵はこの数年、そんな水野忠邦という人に目をかけられてきた。それも道理で、民に対する考え方は、そっくりだった。

だが、鳥居がこの水野を慕っていたかというと、決してそんなことはなかった。むしろ大嫌いで、軽蔑すらしていた。

髭も嫌悪の対象である。戦国の武者でもあるまいし、見苦しいこと甚だしい髭などというものを、伸ばして喜んでいる者の気がしれない。

それと、水野は女に意地汚い。お城の本丸でも政務を取る表にいては、大奥の女たちと会うことはない。

だが、外のほうに行けば、大奥の女が将軍の代参で出ていくのを眺めたりはできる。水野はその女たちのことを詳しく知っていて、これだというのに目をつけては、なんとか自分の側室として譲り受けたいと願っているのだ。

そんなふうに女にだらしないのも鳥居は嫌いだった。男は一途《いちず》であるべきだった。まつりごとの姿勢だけでなく、女に対してもそうあるべきだった。

だが、それは言えない。

そんなことより、水野の問いに答えなければならない。

「ははっ。小林周蔵でございましょう」

「追跡の途中で死なれたそうだ」

「死んだ？」

「舟を慌てて漕いでいて、釣り舟にぶつかって転げ落ちたそうだ。泳げなかったらしく、そのまま沈んで浮かび上がらなかった」

「なんと」

鳥居は呆れた顔をした。

「遠山からそういう報告があった」

老中水野忠邦はそう言って、また報告書に目をもどした。それに書いてあるわけではなく、さきほど終わった黒書院での会議で報告があったらしい。

「水野さま、あれは遠山がわたしから取り上げた男ですぞ」

「そうなのか」

「わたしが目をつけ、早くから見張っていた者を、町方の仕事だと無理に奪っていったのです。それを死なせたなどと？」

「ああ。さほど悔いもなさそうだったぞ」

「それは殺したのかもしれませんぞ」

「殺した？」

　水野は不思議な顔で鳥居を見た。

「そういうことをしかねない男なのです。あいつは自分の手で、敵と見なした相手をとことん痛めつけるのが好きな男なのです。殴ったり、蹴《け》ったりしたいのです」

　遠山がまた、がっちりした大きな顔から想像がつくように、やたらと喧嘩が強いらしいのだ。

「そなたの言い方だと、遠山がわざわざそこに出て行ったみたいだがな」

「ええ。あれはそこまでやる男です」

「鳥居、いくらそなたが北町奉行になりたかったとはいえ、それは誹謗中傷《ひぼうちゅうしょう》というものだ」

　と、水野は面白そうに笑った。

「水野さま」

　鳥居は声を低めた。大事な話をするときは、声を小さくする。

「なんじゃ」

「早くわたしを町奉行に」

それは必死の懇願だった。

「遠山はなったばかりだぞ」

水野の顔が強張った。おそらく水野もまた、遠山になにか握られているのだ。遠山は人の過去からまずいことを引っ張り出してきて、脅しの種にしているのだ。

「遠山は難しいかもしれません。だが、筒井政憲さまは、もう二十年近く町奉行をなさっておいでです」

町奉行というのは、町人たちの評判が立ちやすい職である。評判が悪ければ、すぐに落書きやら瓦版などで非難される。二十年近くその職にあったということは、町人たちに信頼されていたからにほかならない。

「筒井は幕閣の信頼が厚いのだ。あれを辞めさせるのは難しいぞ」

「それは信念を捨て、ほうぼうにいい顔をしていれば、信頼も厚くなりますでしょう。ですが、そんなものは、薄っぺらい信頼。なにかあれば、周囲はすぐにでも筒井さまを捨てますよ」

「そなたも学者の出のくせに、人の見方は辛辣《しんらつ》よのう」

と、水野は嬉しそうに鳥居を見て、

「追い落とせるならやってみるがいいだろう」

顎をしゃくるようにして言った。

三

小鈴は二階の部屋で、窓辺に出した鏡に向かって化粧をしていた。

小鈴は丸顔である。

だが、化粧でもっと細く見せることはできないのだろうか。

それを試していた。

白粉をべったり塗るのではない。もともと色白だから白粉はいらないくらいである。青い顔料を水で溶き、薄く筆で塗る。陰影をつける。

なんとなく細くなったように見える。

女は化粧でずいぶん顔を変えられる。

母のおこうはもっと細面《ほそおもて》だった。その母に似せようというつもりはない。化粧の稽古をしているわけでもない。人ひとりを逃がすために、やれることを考えている。

母のおこうの志《こころざし》を継いで、逃がし屋みたいなことをしようと思ってから、それはずいぶん考えてきた。

行きあたりばったりは難しい。しかも、こっちも危険にさらされる。この先、多くの人を逃がしてあげるためには、自分たちの身もしっかり守らなければならない。そのためにも、さまざまな方法を準備しておかなければならない。

逃げようとする者の姿かたちを変えるというのもその一つだった。

男は難しい。

だが、眉のかたちは変えられる。月代《さかやき》のかたちを変えるだけでも一瞬の見た目は違ってくるだろう。肥《ふと》っていた人が痩せれば、ずいぶん面変《おもが》わりがする。肥った人なら痩せてもらう。痩せていた人には肥ってもらう。

星川さんから面白い話を聞いた。

大泥棒だが、いつもは足が悪いふりをしていて、引きずって歩いたりしていた。

だから、その男が逃げ足の速い泥棒だとは、誰も思っていなかったらしい。

それも応用が利きそうである。

とにかく、いったん行方不明にさせ、別人にしてしまう。

その別人のつくり方の一つが、姿かたちを変えることである。

その方法もいろいろあるはずだった。家や自然の地形、乗り物なども使える。

大塩平八郎はたまたま爆弾を使う羽目になり、そのおかげで別人になりおおせたらしいが、その爆弾だって、使いこなせたらたいしたものだと思う。

それから逃げる場所も探してあげないとまずいだろう。「さあ、別人になった。逃げなさい」と押し出しても、人は逃げ場所も、生計《たっき》の道もなければ、生きていくことはできない。そういう相談にも乗ってあげなければならない。

こうしたさまざまな方法を学んでいかなければならないのだ。だが、本当にそんなことをやっていけるのだろうか。

不安でため息をついた。そのときである。

ふと、目の前を白いものが横切った。

――なに、いまの？

急いで窓から顔を出し、いま飛んで行ったものを目で追った。

鳥ではない。羽ばたいていない。

蝶？　蝶でもない。飛び方が違う。すうっと風に乗っているだけ。

薄っぺらい。どう見ても紙。たぶん、このあいだの折り紙だ。

小鈴は一階に降り、外へ出た。

坂上のほうに、上を見ながら歩いた。

このあいだの男が探していたのも、これだったのだ。

〈小鈴〉から坂上に三軒ほど行った二階建ての家。その二階の窓に若い娘が身体を預けるようにしていた。

ここはひと月ほど前に引っ越して来た家ではなかったか。挨拶には来ていないが、荷物を運んでいた覚えがある。

若い娘を見るのは初めてだが、年配の女性が出入りしているのは何度か見たことがあった。

小鈴はその窓の下に行き、

「ねえ」

と、声をかけた。

「なに？」

「もしかして、いま、紙を飛ばした？」

「飛ばした。悪い？」

拗ねたような言い方である。

「悪くなんかないよ。どうやれば、あんなふうに遠くに飛ばせられるのかなと思って」

「ふうん」

娘はちょっと遠くに目をやり、なにか考えたようだったが、

「見たい？」

と、訊いた。

「うん。見たい」

「じゃあ、上がって来て」

「いいの？」

「母さんは出かけてるから誰もいないよ」

小鈴はうなずいて、戸を開けた。

入ってすぐの右手に階段があった。下駄《げた》を脱ぎ、二階に上がった。

そこは六畳間になっていた。

やはり二階にある小鈴の部屋は、小さな簞笥以外、ほとんど荷物がないが、この部屋は簞笥が三つに陶器の火鉢があったりして、けっこう狭い。

「こんにちは」

「うん」

娘は照れ臭そうにうなずいた。まだ、十四、五といったところか。

たまご形のつるんとした感じの顔立ちをしている。幼さと生意気さが同居していて、それは魅力的でもある。

「あたしはすぐそこで店をやっている小鈴というの」

「お喜多《きた》です」

お喜多の前には、古い本をばらばらにした紙がいっぱいあった。

「お喜多ちゃんはなにしてるの？」

「毎日、ここでぼんやりしてるよ」

「へえ、働きとかには出ないの？」

「出たいけど、出られないんだよ。出ようとすると、胸が苦しくなったり、お腹が痛くなったりするんだ」

「医者には行ったの？」

「行ったよ。身体も悪いけど、たぶん心も悪いって」

「心も悪いか……」

それはわかる気がする。自分もこのお喜多くらいのとき、心を悪くしたかもしれない。

「おっかさんと二人暮らし？」

「そう。つまんないよ。息苦しいよ」

わかる気がする。

「おっかさん、働きに出てるの？」

「ううん。いまは仕立て物の内職をしたやつを届けに行ってるだけだよ」

「おとっつぁんは？」

「死んだよ。あたしが十歳のとき。それまでは、芝のほうで大きな線香問屋をしていたんだけど」

そこは小鈴と違った。小鈴は生き別れ。

線香問屋はどうしたのか。そこまでは訊けない。

「でも、ここ、いい家ね」

長屋暮らしではない。小さいが二階建ての見晴らしのいい家である。

「おとっつぁんのお妾の家だったみたい」

「そうなの」

「おとっつぁんが死んでもずっと居つづけたのを、無理やり追い出した。こっちも必死だよ。長屋だって店賃《たなちん》を払わなくちゃならないんだから」

裕福そうに見えて、やはり内情は大変なのだ。

「友だちは？」

「いないよ」

「引っ越して来たばかりだもんね」

「引っ越して来る前もいなかったよ」

「寂しい？」

訊いてしまった。寂しいに決まっている。

「寂しいかな。なんか、どうでもよくなった気がする。でも、外へ出て行きたい気持ちはあるんだよ」

「行けるようになるよ」

小鈴がそう言うと、お喜多は引きつったような笑みを浮かべ、

「どうかなあ」

と、言った。

その気持ちもわかる気がする。ほんとうに寂しくなると、友だちも欲しくない。友だちと会うともっと寂しくて、取り残されたような気分になる。そんなときは、自分をそっとしておいてやる。

「うん。そういうもんだね」

小鈴は言った。

「だから、こうやって、せめて心を風に乗せてるの」

お喜多はそう言って、散らかった紙を指差した。

「心を風に乗せる？」

「見てて」

お喜多はそう言って、折り紙を目の前で折った。

ゆっくりした手つきである。端と端をていねいに合わせ、寸分の狂いもないようにする。この子は決して器用ではない。それが窺える手つき。

不思議なかたちができていく。

「鳥？」

「うん。最初、風に乗る鳥をつくろうとしたの。でも、鳥らしくしようとすると、飛ばないんだ。風に乗ることをだいいちに、かたちを工夫していったら、こんなのができたんだよ」

この前、道端に落ちていたやつとは、すこしだけかたちが違う気がする。

「これがいちばん遠くまで飛ぶんだ」

お喜多は窓から手を出し、しばらく風の動きを確かめているみたいだったが、ふいにすうっと手を前に押し出した。同時に、紙の鳥が宙に浮いた。

それはまるで風の座布団にちょこんと座ったみたいに宙に浮くと、そこからふわりと動いた。

「あ、飛んだ」

小鈴は身を乗り出した。

紙の鳥――お喜多の寂しい心が風に乗って、ゆっくりと麻布の町のほうに飛んで行った。

四

数日して――。

星川が変な咳《せき》をしていた。あまり風邪を引かないと言っていたが、雨の日に剣術の稽古をして身体が冷えたらしい。

「薬は飲んだのですか？」

と、小鈴は訊いた。

「薬なんざ飲まねえことにしてるんだ」

小鈴がやさしくすると、星川はいつも素っ気ない返事をする。そのくせ、いちばん自分のことを心配してくれているのも星川だと、小鈴は感じている。なんかあったら、母に申し訳ないというように。

「買ってきます。飲んでください」

「やだよ」

小鈴は星川の返事を無視して、下の薬屋に行った。

麻布あたりにしては大き過ぎるくらいの薬屋である。

考えずに葛根湯《かっこんとう》を買おうとしたが、ほかにもいい薬があるかもしれないと手代を呼ぶと、

「あら」

なんと、上を向いて歩いていたあの男だった。ちあきたちが見たことがあると言っていたのは、ここで会っていたからだろう。

「薬屋さんだったんですか？」

「ええ」

「ずっと下のほうを見て歩いていたのは、鳥みたいに飛ぶ折り紙を探していたからですよね？」

「まあね」

「それは、坂の上の家に住む娘さんが飛ばしていたんですよ」

「やっぱり、一本松坂の上でしたか」

「どうしてそんなに気になったんですか?」

この手代は三十代半ばくらいに見える。ずいぶん年下のお喜多ちゃんに気があるのだろうか。

「病弱そうな娘でしょ?」

と、手代が訊いた。

「ええ。お喜多ちゃんという名だったわ」

「あ、そうだ。お喜多ちゃんと呼んでいたっけ……お客でこの店に来たんですよ。母親といっしょにね」

「あら、そうだったの。医者には行ったけど、薬を飲んでいるとは言ってませんでしたけどね」

「薬は買ってないんですよ」

手代はすまなそうに言った。

「どういうこと?」

「医者の処方だと、雲十丸《うんじゅうがん》という薬がその娘に効くと言われたらしいのですが、その雲十丸というのは高い薬なんです」

「ああ」

「値段を言ったら、母親のほうがそれはとても払えない。薬を飲むうちに餓死してしまうと」

「ええ」

「母親はしばらく考えてました。それからこんなことを言い出しました。……この子は折り紙がとても得意なんです。それで、この子が折ったいろんな折り紙をひとつずつ、薬の袋に入れるのです。きっと喜ばれます。それをつくることで、薬の代金に替えていただけませんか？　とね」

「へえ」

なんと素晴らしい思いつきではないか。

お喜多の才能も、その母から受け継いだのかもしれない。

「そのいくつかを見せてもらいました。折り紙といったら鶴しかないと思っていたので、驚きました。犬や猫だけじゃない。蛇とか、虫まで折ってしまうんです」

「そんなにいろいろあったんですか」

小鈴もあの鳥のようなものしか見ていない。折り紙自体にあまり興味がないため、ほかのことは訊かずじまいだった。

「あたしは面白いなと思い、旦那に訊いてみました」

手代はそう言って、帳場の後ろに座っている男を見た。

ずいぶん若い男が座っていた。この手代も若いが、あるじのほうは二十代の半ばくらいではないか。

「旦那は鼻でせせら笑いました。返事もありませんでした」

「はい」

小鈴はうなずいた。

「母子は諦めたようでした。娘は病弱で、ほとんど外に出られない。いったん坂を下りると、また上まで行くのは大変なの、そう言っていなくなりました。それがひと月ほど前でしたかね」

手代はそこで話を一区切りし、ほかの客の応対をして、またもどって来た。

「しばらくして、ここらの子どもが変な折り紙を拾ったらしいんです。風に乗って、坂の上から鳥みたいに飛んできたって。どういうかたちをしていたのか見せろと頼んだのですが、開いたらかたちがわからなくなったと言うんです」

「ああ。そうなんですよ」

と、小鈴は笑った。

子どもが言ったことは嘘ではない。

とくにあの折り紙は、独特の工夫でつくられたものだから、なかなか再現させることができないのだ。

「まずは、あたしも折り紙を探してみたら、ほんとにありました。ひとつだけじゃない。あの坂の周辺で、四つほど見つけました」

「空を見ていたのは？」

「その鳥の折り紙がどこから来るのかなと思って。つまり、あの母子の住んでいる家を探そうと思ってね」

やはりそうだった。

「では、旦那さまが承知したのですか。折り紙を入れてもいいと？」

「あいにくと、そうではないんです。じつは、雲十丸という薬は、配合の妙で高価な薬になるんですが、一つずつはそう高い生薬じゃないのです。むしろ野の花みたいなものがほとんどなのです」

「へえ」

「だから、自分で摘んで乾かして、それを煎じて飲めばいい。その配合を教えてやろうと思ったんですよ」

「なるほど」

「妙に気になる母子だったのでね。なにか、必死で生きている感じがしたんですよ。それを薬で儲《もう》かっている男がなんの手助けもできないのはおかしいだろうと思いましてね」

手代は悔しそうに言った。

「あたしも手伝います」

と、小鈴は言った。

明日から店にお喜多の折り紙を置いてみよう。薬は駄目でも、ほかの商品に付けると喜ばれたりするかもしれない。店の客からはじまって、口から口へと伝わるうちにお喜多の折り紙を習いたいという人も出てくるのではないか。そうなれば、お喜多は師匠にもなれるのだ。

いいものだったら、かならずどこかで日の目を見ることができるはずである。

小鈴はその娘の家を教えて、

「その生薬のこと、ぜひ伝えてやってください」

と、頼んだ。

星川の薬は、結局、葛根湯にした。手代は、

「なんのかんの言っても、この薬はほんとに効くんです」

そう言ったからである。


「え、嘘だろ……」

店の裏手に立った男を見て、日之助は絶句した。

小林周蔵は生きていた。

すこし肥って、下がり眉になって、にこにこと笑っていた。

「あれは狂言だったんだ……」

「あたし、日之さんは気づいていると思っていたよ。あのときのこと、なにも話さ

なかったから」

　と、小鈴が日之助に言った。

「いや、蒸し返すと、小鈴ちゃんは傷つくだろうと思って。どういうこと？」

　ちょっと心外だという口調で、日之助は訊いた。

「悪いな、日之さん。おいらが言い出したんだよ。敵をあざむくには、味方もだまされるくらいじゃなきゃ駄目だって。それで、日之さんには悪いけれど、敵が引っかかるかどうか、試させてもらおうと、そういうわけだったんだよ」

　星川が詫びた。

「では、あのとき……」

「そうなんです。わたしは溺《おぼ》れた真似をして、釣り舟の裏に回り、そこから這《は》い上がって、舟底にひそんでいたのです」

　と、小林周蔵がすまなそうに言った。

「参ったな」

　日之助は苦笑した。

「だまされた？」

と、小鈴が訊いた。

「すっかり」

「怒らないで」

「怒りはしないが、これからの仕事のとき……」

「もう、こんなことは絶対にしないよ。仲間が信じられなくなったら困るもの」

「頼んだよ」

と、日之助は笑った。

「これなら、町方も信じ切ってるね」

じっさい、追跡はぴたりと止《や》んでいた。源蔵が確かめてきたが、あの塾にはもう誰も張りついてはいなかった。

「だが、今回はうまくいったが、次はもう同じ手は使えねえな」

と、星川が言った。

「なあに、そのつど、頭を捻《ひね》りましょうよ。それでこそ、仕事のやりがいというのも生まれるんですよ」

源蔵は、面白そうにそう言った。

「では、いまから大坂に向かいます。本当にお世話になりました」

と、小林周蔵は頭を下げながら言った。

「はい。お気をつけて。それと、なんの餞別もあげられませんが、これを」

小鈴はお喜多の折り紙を手渡した。

「これは？」

「折り紙なのですが、うまく風に乗せると半町（およそ五十五メートル）ほど飛んだりするんです」

「南蛮のものですか？」

小林周蔵は興味深げに訊いた。

「いいえ。この町の天才少女が自分の工夫でつくったんです」

「ほう」

「心を風に乗せたいと思ったときにでも、やってみてください」

小鈴はそう言ったときのお喜多の表情を思い出しながら、小林周蔵に言った。

「心を風に……」

小林周蔵はそれを大事そうに懐へ仕舞った。

ていた。

小鈴たちは、裏口のところで小林周蔵の旅立ちを見送った。

小さく手を振った小鈴は、自分の胸のうちに〈逃がし屋〉としての覚悟が生まれているのを感じていた。

五

五合目の半次郎こと、富士講の御師の半次郎は、自分の宿坊を出て、江戸に向かおうとしていた。

御師は、富士の裾《すそ》野の吉田の町に、大きな宿坊を持っている。そこに自分が集めた客を泊めるのである。

半次郎の宿坊はひときわ大きい。それに、ほかにもいくつもある。吉田の町だけでなく、富士の三合目あたりにもある。

また、富士講には入っておらず、ふいに思い立ってやって来る客を泊める宿もあるし、富士の土産を売る店もある。

とくに商売熱心だったわけではないが、半次郎は目はしが利くため、御師のなかでも指折りの金持ちになってしまった。

また、そろそろ富士参りの季節がやって来るのだ。

一年でいちばん充実した時期。

半次郎は江戸の富士講の人たちを引き連れ、夏の季節におよそ二十回は富士のお山に登る。

何度登っても飽きることはない。

登れば登るほど、この山の新しい魅力を発見する。登れば登るほど、人の世の仕組みは見えてくるが、逆にこの世の真の正体はわからなくなる。途方もなく大きな世界の正体と意味。

「半次郎さん。今年は気をつけたほうがよいのでは」

と、若い仲間が忠告してくれる。

「どうしてだい？」

「誰かわからないやつに、二度も半次郎さんのことを訊かれたよ」

そうなのだ。自分の動きがしつこく調べられつつあるのだ。去年あたりからとくに。

だが、行かなければならない。

江戸の町人たちを、富士のてっぺんまで連れて行って、人の世界の小さいことを見せてあげなければならない。

そこから自然に悟る、四民平等の理にも、気づいてもらわなければならない。

「なあに、おれは大丈夫さ」

そう言ったとき、ふと、麻布の坂の上の飲み屋の娘、小鈴のことを思い出した。

かつて、幕府から狙われた若い蘭学者の逃亡を助けていた、おこうという伝説の女将。その娘だという小鈴には、葛飾北斎が逢《あ》わせてくれたのだった。

小鈴の話を聞き、心意気に感激し、半次郎は全面的な協力を申し出ていた。資金はもちろん、逃げる者の通行手形の手配や、東海道の裏道の地図も。富士の周辺にはいくらだって隠れるところはある。

もっとも、自分の身の上だって危ないのだが。

「いつか逃がし屋にお世話になるかもしれないよ」

そう言ったら小鈴は、

「もちろんお助けしますよ」

と、微笑んだのだった。

その若い女将が、まるで富士の山頂に現われる山の精のように見えたことも思い出していた。

絵師の葛飾北斎は、友人の戯作者、柳亭種彦と会っていた。偏屈でなる北斎の数少ない友人が、やはり偏屈で知られるこの柳亭種彦だった。

種彦の家の近く、蔵前あたりの大川の縁である。五月の川風はやや重いが、それでも風に吹かれるのは心地よかった。

「柳亭さん。おれの周りがどうもきな臭いんですよ」

と、北斎が周囲をそっと見回しながら言った。

「きな臭い？」

「誰かに見張られている気がする」

「それはいつも言っているじゃないですか」

北斎はもう十年近く前からそのことを言っていた。おれの仕事はやばい、おれはそのうちお縄になるかもしれないと。

「今度はいつもより鬱陶《うっとう》しいんだ」

北斎はそう言って、うつむいた。

柳亭種彦はしばらく何も言わず、北斎といっしょに川の流れを見ていたが、

「じつは、わたしも」

と、ぽつりと言った。

北斎はぎくりとして、

「柳亭さんも？」

「あんな家を建てちゃまずかったですかね」

柳亭種彦は、戯作『偐紫《にせむらさき》田舎源氏《いなかげんじ》』が売れまくり、役宅を出て、紫御殿などと呼ばれる家に住んでいた。

当然、それは多くの貧乏御家人たちのやっかみを買っている。

「なんとも言えませんね」

北斎は、稼ぎも莫大なら借金の払いも莫大で、いつも借家暮らしである。

「戯作のほうも、あれは大奥のことを書いたとか世間が騒ぎますからね。そんなこと言われたら作者が危うくなるのに、世間は面白がっているんだ」

と、柳亭種彦は悔しそうに言った。

「そういうものですよ。おれたちの仕事は」

「それで、北斎さんは、どうするんですか？」

「逃げようと思ってさ」

しばらく江戸を離れるつもりである。

東海道を上ろうか。あるいは、信州あたりに行くか。伊豆にもしばらく滞在していたので、そっちの土地鑑もある。

「いいですね、北斎さんは。わたしも家なんかつくるんじゃなかったよ」

柳亭種彦は羨《うらや》ましそうな顔をした。

「だが、逃がしてもらえるかどうか」

北斎はつぶやいた。本当にそれはわからない気がする。

――おこうさんにでも相談してみようか。

葛飾北斎はそう思ったあと、おこうはすでに亡くなっていて、自分が思い描いたのは娘の小鈴のほうだったことに気がついた。

蘭学者の高野長英は、小伝馬町の牢にいた。

聞きしにまさる、ひどいところだった。

暗く、じめじめし、いつも嫌な匂いがしていた。こんなところに半年以上いて、病にならないほうがおかしかった。

長英はこの暮らしをすこしでもまともなものにしようと、同じ牢の連中に辛抱強く呼びかけた。いっせいに着物をばたばたさせ、牢内に風を通すようにしたのもそのひとつだった。

小さな窓から入る日差しを、鏡を使って牢内全体に行きわたるような工夫もした。牢役人とはしつこく交渉し、外からの差し入れがちゃんと自分の手元に届くようにしなければならなかった。

とにかく、生き残ることが最優先だった。

自首したことは悔やんでいた。

——あのとき、小鈴さんたちの勧めるのを聞いていたら……。

上方に逃げろと、しきりに勧められたのだった。

いまは、機会があれば逃げたい、脱獄だってしたい。そう思っている。

——誰か、脱獄を手引きしてくれる者はいないだろうか。

高野長英はそのことばかり考えていた。


「まだ、江戸に行くのは早いと思います」

橋本喬二郎が止めた。

厚木の在の温泉場である。

「いや、もう一年、身体を休めたのだ」

大塩平八郎は言った。

背中を斬られ、いったん麻布の医者のところにひそんだが、ひと月ほどしてから、橋本喬二郎の助けでこの厚木まで運ばれて来たのだった。

じつは医者も見放したほどの傷だった。

それが回復した。驚くほどの回復力だった。

だから、喬二郎が止めたのは身体が理由ではない。江戸は一年前から急速に息苦しくなってきている。

反幕勢力と見做《みな》した者に対して、過酷な弾圧が始まっているのだ。

そこでいま、大塩がなにかしようものなら、わざわざ網にかけられに行くようなものだろう。

だが、大塩は聞かない。すでに旅支度を終え、山を下りようとしていた。

「いろいろ仕掛けを始めなければならないし、なんとしても矢部定謙さまには会わなければならない」

「矢部さまに」

かつて大坂西町奉行をつとめた矢部定謙は、勘定奉行からいまは西丸留守居役になっていた。いまの南町奉行筒井政憲も矢部を信頼し、もし自分が町奉行の職を辞するときがあれば、矢部に後任を託したいと言っているらしい。

「それと小鈴さんにも礼を言わないと」

大塩平八郎はふいに表情を和《やわ》らげ、懐かしそうに言った。

（7巻へつづく）

この作品は書き下ろしです。